大家小书

史诗《红楼梦》

何其芳 著
王叔晖 图
蒙木 编

北京出版集团公司
北京出版社

图书在版编目（CIP）数据

史诗《红楼梦》/ 何其芳著；王叔晖插图；蒙木编选. — 北京：北京出版社，2019.6
（大家小书）
ISBN 978-7-200-14759-9

Ⅰ. ①史… Ⅱ. ①何… ②王… ③蒙… Ⅲ. ①《红楼梦》研究 Ⅳ. ① I207.411

中国版本图书馆 CIP 数据核字（2019）第 050763 号

总 策 划：安 东 高立志　项目统筹：司徒剑萍
责任编辑：侯天保 高立志　责任印制：陈冬梅
装帧设计：金 山

· 大家小书 ·

史诗《红楼梦》

SHISHI《HONGLOU MENG》

何其芳 著　王叔晖 图　蒙 木 编

出　　版	北京出版集团公司 北京出版社
地　　址	北京北三环中路 6 号
邮　　编	100120
网　　址	www.bph.com.cn
总 发 行	北京出版集团公司
印　　刷	北京华联印刷有限公司
经　　销	新华书店
开　　本	880 毫米 × 1230 毫米　1/32
印　　张	9.375
插　　图	26
字　　数	155 千字
版　　次	2019 年 6 月第 1 版
印　　次	2019 年 6 月第 1 次印刷　2020 年 3 月第 2 次印刷
书　　号	ISBN 978-7-200-14759-9
定　　价	48.00 元

如有印装质量问题，由本社负责调换
质量监督电话　010-58572393

何其芳像

何其芳雕像

总　序

袁行霈

"大家小书",是一个很俏皮的名称。此所谓"大家",包括两方面的含义:一、书的作者是大家;二、书是写给大家看的,是大家的读物。所谓"小书"者,只是就其篇幅而言,篇幅显得小一些罢了。若论学术性则不但不轻,有些倒是相当重。其实,篇幅大小也是相对的,一部书十万字,在今天的印刷条件下,似乎算小书,若在老子、孔子的时代,又何尝就小呢?

编辑这套丛书,有一个用意就是节省读者的时间,让读者在较短的时间内获得较多的知识。在信息爆炸的时代,人们要学的东西太多了。补习,遂成为经常的需要。如果不善于补习,东抓一把,西抓一把,今天补这,明天补那,效果未必很好。如果把读书当成吃补药,还会失去读书时应有的那份从容和快乐。这套丛书每本的篇幅都小,读者即使细细地阅读慢慢地体味，也花不了多少时间，可以充分享受读书的乐趣。如果把它们当成补药来吃也行，剂量小，吃起来方便，消化起来也容易。

我们还有一个用意，就是想做一点文化积累的工作。把那些经过时间考验的、读者认同的著作，搜集到一起印刷出版，使之不至于泯没。有些书曾经畅销一时，但现在已经不容易得到；有些书当时或许没有引起很多人注意，但时间证明它们价值不菲。这两类书都需要挖掘出来，让它们重现光芒。科技类的图书偏重实用，一过时就不会有太多读者了，除了研究科技史的人还要用到之外。人文科学则不然，有许多书是常读常新的。然而，这套丛书也不都是旧书的重版，我们也想请一些著名的学者新写一些学术性和普及性兼备的小书，以满足读者日益增长的需求。

"大家小书"的开本不大，读者可以揣进衣兜里，随时随地掏出来读上几页。在路边等人的时候，在排队买戏票的时候，在车上、在公园里，都可以读。这样的读者多了，会为社会增添一些文化的色彩和学习的气氛，岂不是一件好事吗？

"大家小书"出版在即，出版社同志命我撰序说明原委。既然这套丛书标示书之小，序言当然也应以短小为宜。该说的都说了，就此搁笔吧。

温情的批判与诗意的开掘
——读何其芳的《红楼梦》研究

蒙 木

胡适、俞平伯研究红楼，负有盛名，且是开山之功，但他们并不认为《红楼梦》是多么伟大的文学作品。其后在北大说红楼的主要是吴组缃（1908—1994）和何其芳（1912—1977），他们都不是以红学家名世的，但他们两位的研究比其他红学家更有学理，他们把《红楼梦》放在中国文学史和世界文学史的大背景上，从小说构思和人物塑造方面揭示《红楼梦》为什么是中国古典小说的顶峰，是世界文学的珍品。1956年北大邀请吴组缃和何其芳两位先生同时开《红楼梦》研究的选修讲座课程，据北大54级学长张玲老师回忆，两位先生观点相对，的确一时瑜亮，很有从弟子各半的意思。这种打擂式的热闹让当时无数北大学子为之神往。刘勇强教授说吴先生亲口告诉他：何先生是诗人，有浪漫主义情怀；他自己则是小说家，不认为小说家构思小说会有无缘无故的情节，特别究心曹雪芹为什么会这样写《红楼梦》。他们都注重人物塑造，但何先生在诗的眼光下觉得还是好人多，尤其像薛宝钗；而吴先生则认为薛宝钗特别坏。

也就是1956年下半年，何其芳完成了《论〈红楼梦〉》。

我们注意到1954年3月俞平伯的《红楼梦简论》发表；9月李希凡、蓝翎写的《关于〈红楼梦简论〉及其他》发表于山东大学《文史哲》，后又在《文艺报》转载；江青推荐《人民日报》予以转载，邓拓商请周扬、何其芳等人讨论，周扬认为该文"很粗糙"，何其芳评价说"也没有什么了不起的地方"。10月10日，李希凡、蓝翎又写了《评〈红楼梦研究〉》在《光明日报》发表。10月16日，毛泽东写了著名的《关于〈红楼梦研究〉问题的信》，信的结尾说："《武训传》虽然批判了，却至今没有引出教训，又出现了容忍俞平伯唯心论和阻拦'小人物'的很有生气的批判文章的奇怪事情，这是值得我们注意的。"10月24日，中国作家协会古典文学部召开关于《红楼梦》研究的讨论会，何其芳会上批评李、蓝的两篇文章不过是在讲"马克思主义的常识"，他说："看李、蓝二位的文章后，我觉得他们用马克思主义文艺理论来批评俞先生的著作这一基本精神我是赞成的，觉得他们的文章抓住了俞先生的许多错误看法，抓住了基本问题。但我当时对他们的两篇文章中的个别论点还有一些怀疑，并且觉得他们引用俞先生的文章有时不照顾全文的意思，有些小缺点。"

10月27日，陆定一给毛泽东和中共中央写了一封信，在信中还汇报了近期中宣部组织批判胡适的计划。他说："计划在最短时间内协同《人民日报》组织若干篇文章（正在写的有何其芳、张天翼等），以进一步批判俞平伯的错误观点。"何其芳正在写的就是《没有批评就不能前进》，这篇文章批评俞平伯陷入了繁琐的考据，当然他最成问题的地方是："俞平伯先生过去用'自传说'来抹杀了《红楼梦》的价值，现在的'色空说'和'微言大义说'却实际上仍然是否定了这部作品在思想和艺术方面的巨大成就的。"他在文章中正面提出："《红楼梦》是我国封建社会的生活的百科全书……完成了对于中国封建社会的总批判的任务的，它里面的热烈的爱和憎像火种一样在读者心中点燃了对封建社会的不满，对幸福自由的生活的追求。"最后他强调研究古典文学作品要在占有材料、辨别材料、整理材料的基础上，进一步研究作品的思想和艺术；研究不能只限于考察作者的身世和作品的版本，还必须研究社会的情况、政治的情况和文化思想的情况。

1954年12月8日,在中国文联和中国作协主席团扩大会议上,郭沫若发表了《三点建议》,说:"这一次的讨论是富有教育意义的,是马克思主义对资产阶级唯心论的严重的思想斗争,是思想改造的自我教育的继续开展,是适应当前国家过渡时期总任务的文化动员。"该讲话原题"思想斗争的文化动员",在报送毛泽东时,毛泽东认为:"郭老讲稿很好,有一点小的修改,请郭老斟酌。'思想斗争的文化动员'这个题目不很醒目,请商郭老是否可以换一个。"1954年12月2日下午1时,周扬邀请茅盾、邓拓、胡绳、何其芳等人,在郭沫若住处开了一个小会,传达了毛泽东关于胡适批判问题的指示。同日下午3时,又在中国科学院召开了科学院院部与作家协会主席团的联席扩大会议,这次会议称为"中国科学院中国作家协会联合召开的胡适思想批判讨论会",会后,正式成立胡适思想批判委员会。周扬再次就关于批判胡适问题的组织计划向毛泽东报告。报告说,关于胡适批判成立这个小组,例如胡适的哲学思想批判,召集人艾思奇;胡适的《中国文学史》批判,召集人何其芳;关于《红楼梦》研究著作的批判,召集人聂绀弩。胡适思想批判,对中国知识分子的内心造成了极大震撼。吴宓在他的日记中说:"此运动乃毛主席所指示发动,令全国风行,特选取《红楼梦》为题目,以俞平伯为典型,盖文学界、教育界中又一整风运动,又一次思想改造,自我检讨而已。"①

以上缕述对胡适思想的围剿和对俞平伯《红楼梦研究》的批判,是为了交代《论〈红楼梦〉》的写作背景。何其芳躬逢其役,并深悉这个部署来自上层。我们由此理解何其芳写作的勇气。他在这篇文章中明确反对李希凡、蓝翎所谓曹雪芹"基本上是站在新兴的市民立场上来反封建的",因而《红楼梦》反映了代表那时新兴的市民社会力量("市民说");他也从学理上明确反对"农民说","农民说"认为《红楼梦》所反映的社会的根本矛盾和根本问题只能是封建地主阶级和农民之间的矛盾。他批评这种盖帽子的风气是牵强附会加上教条主义最后形成的"学术工作中的主观主义",不克服这种主观主义,我们的学术水平就很难提高。

1957年1月5日,何其芳在中国作协文学讲习所作了名为"答关于《红楼梦》的一些问题"的演讲。他在该演讲中仍然延续和坚持了《论〈红楼梦〉》的基本观点,最后提倡读者

---

① 参考谢泳:《胡适思想批判与〈胡适思想批判参考资料〉》,载《开放时代》2006年第6期。

1957年10月,《文学研究集刊》第五册收入了何其芳《论〈红楼梦〉》长文

去熟悉中国的古典作品和外国的第一、二流作家的作品,"不然,我们的理论批评就会永远停留在几条原则上,遇到具体问题就无法解决"。

1958年9月,《论"红楼梦"》作为中国科学院文学研究所专刊(1)出版,这本书同时包括了何其芳对于屈原、吴敬梓《儒林外史》、李煜词和《琵琶记》的研究,他于8月7日为

中国科学院文学研究所专刊（1）
《论"红楼梦"》书影

该书写了序言，序言最后部分呼吁健全的认真的学术批评，不要用"作结论""排斥和打击""老一点的专家"以及其他用意在于吓唬人的话来阻塞批评。后来毛泽东仔细读过何其芳的这部著作，据说圈画和批注都比较多……

1959年11月，《论〈红楼梦〉》被节要压缩作为人民文学出版社第二版《红楼梦》的代序。1962年何其芳和王昆仑一起奉文化部之命筹备"纪念曹雪芹逝世二百周年",并于8月草拟《曹雪芹的贡献》一文提纲,10月吸收了胡乔木和周扬的意见,写成初稿,11月15日修改完毕,最后12月发表于《文学评论》第6期。1963年12月29日,时任中科院文学研究所所长的何其芳应北大团委邀请,作了《〈红楼梦〉和正确对待文学遗产问题》的报告,他在报告中说:"作家是有意避免人物的'差不多'的。生活的描写更加细致,更加匀称,超过了其他任何一部古典小说;结构很复杂,但也很完整,浑然天成;情节发展很有波澜;语言的运用也有了很大进步。"他说《红楼梦》的伟大,"它的贡献就在于对上层社会的相当广泛、深刻的批判,就在于它可以说是集封建社会民主主义思想的大成,由之可以认识封建社会的本质,可以看出封建社会和贵族地主阶级是应该灭亡的","《红楼梦》的民主主义思想,就是一种封建社会的叛逆者的思想"。他还是坚持说:"他只不过是反映了一些人民的观点和情绪,自己的部分观点有了变化,说他是代表农民或者代表市民都是不对的。"他强调《红楼梦》"从艺术上看,也是现实主义艺术发展的最高峰","《红楼梦》的现实主义的确是深刻的,人物写得又真实又复杂;但他里面没有革命斗争、革命人民、革命战士吧?"

1966年"文革"伊始,何其芳被撤销职务,抄家批斗,因为《红楼梦》的研究问题他受到了反复的审问折磨,1968年何其芳被关进牛棚。1972年4月,人民文学出版社《红楼梦》第三版第九次印刷,删掉了何其芳的代序。李希凡为《红楼梦》新版写了前言,前言将何其芳的"典型共名说"说成是"披着新的外衣"出现的"资产阶级人性论"的"反动观点"。人民文学出版社将该序言邮寄何其芳征求意见。何其芳9月14日致人民文学出版社近7000字的长信,对于李希凡的批评进行辩解。这封信,随后又被定性为"文艺界右倾翻案的代表作",何其芳受到了更多的攻击和批判,这种批判被不断上纲上线,后来"梁效"将之说成为"鼓吹地主资产阶级人性论","搞永恒的爱的主题"的"修正主义红学",统治了《红楼梦》研究领域十多年,还利用曹雪芹逝世二百周年"演出了一场长达两年之久的复辟闹剧"。1977年何其芳因病逝世。①

在《红楼梦》研究领域,何其芳必将因为《论〈红楼梦〉》而不朽。

在《论"红楼梦"》一书的序言中,他说自己1953年打算研究中国文学史,先研究屈原,接着宋玉,后来又研究《诗

---

① 参阅董志新、邢志有《何其芳红学年谱》,载《何其芳论红楼梦》,白山出版社2009年4月版。

经》;随后《红楼梦》研究批判就开始了,紧接着是批判胡适和胡风的运动。"《论〈红楼梦〉》是我写议论文字以来准备最久、也写得最长的一篇。从阅读材料到写成论文,约有一年之久。……对《红楼梦》这样一部巨著,仅有一年而且实际上不过是四五个月研究和写论文的时间是不够的。……在《论〈红楼梦〉》里面,我也批评了从过去到现在的种种牵强附会的肯定派。但关于曹雪芹,我们却很难找到有关他的思想的新材料了。"这一篇文章改变了何其芳后半生的学术生命和人生际遇,他后来一再被批判的就是这部作品开头部分的"典型共名说"。

李希凡回忆:"我与何其芳同志在典型问题上一直存在分歧的看法。起因还是发生在1956年,当时我作为《人民日报》文艺部的编辑,为了纪念鲁迅先生逝世二十周年,曾向何其芳同志约稿,何其芳同志写了《论〈阿Q〉》。我作为责任编辑看了何其芳同志的原稿,发现他对阿Q的分析以及所谓'典型共名说'的论点,有人性论的倾向,因而在送小样时,曾提请何其芳同志注意。何其芳同志当然不会接受这种意见。其后,我写了一篇《典型新论质疑》,同何其芳同志讨论这个问题。何其芳同志当时并没有答复,而其在《论〈红楼梦〉》中继续发展了他的'典型共名说'。"

其实《论〈阿Q〉》一文和《论〈红楼梦〉》几乎是同时写作的,只是《论〈阿Q〉》作了特别明确的界定:"一个虚构人物,不仅活在书本上,而且流行在生活中,成为人们用来称呼某些人的共名,成为人们愿意仿效或不愿意仿效的榜样,这是作品中的人物所能达到的最高的成功标志。"何其芳在1963年3月8日修改完成的《文学艺术的春天·序》中为回答李希凡等人的驳难,为"典型共名说"申辩:"这一类典型有这样一个标志:他们性格上的最突出的特点常常有很深刻的思想意义,这种思想意义可以用一句话或一个短语来概括。"1963年12月,他在北大作的《〈红楼梦〉和正确对待文学遗产问题》的报告中仍然说《红楼梦》:"它写的典型人物那样多,性格那样鲜明突出,让人记得住,活在人们的口头上,这也是了不起的。"

"典型共名说"受到责难,首先是和毛泽东对《红楼梦》的政治评价并不一致,何其芳也没有接受苏共十九大马林科夫报告中的观点,马林科夫说:"典型问题经常是一个政治性问题。"今天看来,在那个高度强调阶级斗争和苏联马克思主义文艺理论的年代,《论〈红楼梦〉》极为可贵地强调了回到《红楼梦》文本和曹雪芹的时代,探索小说的艺术价值。王水照回忆何其芳说:"他的具体工作方式主要是在原著上作眉批。他十分重视研读原著,重视把从原著中获得的直接感受和体会,及时准确地记录下来,然后加以整理、概括和连贯起来的思索。他不是把原著作为冷漠的解剖对象,而是去体验和认同其中活生生的形象世界。"据钟中文介绍,何其芳曾说:"阅读一两遍是欣赏式的阅读,写评论文章,评论者对被评论的作品起码要读三遍。"这种紧扣文本,将自己的体验融入作品的批评方式,至今仍然是发人深省的。

至于他被责难的超阶级的人性论倾向,何其芳也承认:"我这些老知识分子,哪能不受到人性论的一点影响呢?"(《臧克家回忆录》)今天我们可以公正地说,何其芳讲《红楼梦》闪耀着人性的光辉。这个人性,当然可以是不同阶级阶层所共有的。

其实《论〈红楼梦〉》发表后,也引发了很多好评。《论"红楼梦"》一书出版后不久,1959年2月22日《光明日报》即发表了解叔平的"推荐《论"红楼梦"》",文章说:"作者的语言的风格比较朴素,对问题的阐述也是深入浅出的,读来很有兴味。正由于作者曾经多年从事创作,对于创作的甘苦有着一些深刻的体会,就给论文集带来另一个优点:对作品的艺术分析比较细致和透辟。这在《论〈红楼梦〉》一文第八节和第九节表现得最为充分和明显。像关于匠心和技巧、结构、日常生活的描写、重要的事件和波澜、人物典型性格在生活中的流行、'诗的光辉'等等问题的分析，都能给一般读者以一些启发，有助于文学欣赏能力的提高。"

何其芳是俞平伯先生的学生，很敬重俞平伯，也一再保护俞平伯，但这篇文章当然也必须对俞平伯的观点予以批评。不过，《论〈红楼梦〉》对俞平伯的批评纯粹限定在学术的范围内，他力图在胡适、俞平伯的版本考证文本细读和毛泽东的政治批评、李希凡的阶级批评之间走第三条的路线。因为何其芳要求文章必须要有逻辑性，引用的资料要经得起论证，所以他下笔非常谨慎，这也就是他获罪的缘由之一。且不说他和江青、陈伯达之间的恩怨，以及与周扬事件的牵连。

《论〈红楼梦〉》中强调《红楼梦》的主线是贾宝玉和林黛玉的爱情，他在论述时对比了《西厢记》《牡丹亭》以及才子佳人小说，认为《红楼梦》描写的爱情是"建立在相互了解和思想的一致的基础上面"，所以"在描写爱情生活上开辟了一个新的世界"。这种对于爱情的颂扬，显然和两条路线的斗争也很难吻合。

何其芳本意也未必如被批判的那样宣扬"恋爱至上主义"，他在后来的论述中都强调了《红楼梦》对于封建社会的批判意义。但他坚决反对所谓的"农民说"和"市民说"，反对古典文学研究中的庸俗社会学倾向。这是他广泛阅读、独立思考、追求逻辑的必然结果。

总而言之,何其芳先生是一个诗人,他说红楼梦是"一部用散文写成的伟大的史诗",他还发挥说:"那些最能激动人的作品常常是不仅描写了残酷的现实,而且同时也放射着诗的光辉。这种诗的光辉或者表现在作品中的正面的人物和行为上,或者是同某些人物和行为结合在一起的作者的理想的闪耀,或者来自从平凡而卑微的生活的深处发现了崇高的事物,或者就是从对于消极的否定的现象的深刻而热情的揭露中也可以透射出来……总之,这是生活中本来存在的东西。这也是文学艺术里面不可缺少的因素。……所以,我们说一个作品没有诗,几乎就是没有深刻的内容的同义语。"他用诗意的文字体贴《红楼梦》的人物塑造和关于生活细节的描写。他对照《金瓶梅》,说《金瓶梅》所缺少的就是这种诗的光辉、理想的光辉,"尽管它描写得那样出色,那样生动,仍然不能不使读者感到闷气"。读《红楼梦》"感到的并不是悲观和空虚,并不是对于生活的信心的丧失,而是对于美好的事物的热爱和追求,而是希望、勇敢和青春的力量"。

何其芳的《论〈红楼梦〉》显示了一个批评家独特的个人风格,不仅有理论的深度,还有体验的深度,行文行云流水。

刘再复说："《论〈红楼梦〉》可以说是诗的论文，论文的诗……我们又可感到文中注入了深沉的理性和精辟的思索，在诗的文采和情境中可以见到冷静的分析，正是这样，何其芳的学术论文不仅可读性强，而且科学性也很强。他的论文的写法，今天仍然值得我们师法。"

今天谈起红学家，我们除了胡适、俞平伯，多数普通读者谈的是吴世昌、吴恩裕、周汝昌，乃至冯其庸、王蒙这些人，何其芳的红学成果有意无意被忽略了。因此，本书同时编选了1956年《论〈红楼梦〉》、1957年《答关于〈红楼梦〉的一些问题》和1962年《曹雪芹的贡献》三篇文章，以便读者对何其芳的《红楼梦》研究有一个接近整体的估量。

《答关于〈红楼梦〉的一些问题》这篇报告在分析贾宝玉、林黛玉性格的形成做出了更有意味的分析，他说："《红楼梦》是中国长期封建社会社会生活的优良的文化传统的总结，也是对长期的封建社会的不合理的事物的总的批判。"《曹雪芹的贡献》则对《红楼梦》产生的社会文化背景作了更为深刻的剖析。我们阅读这三篇文章同时会感到何其芳不断加强了对《红楼梦》政治性的讨论。时势使然，但即便不断政治化的批评与反批评中，我们依然能够看到何其芳有理有据的学术追求和个性独具的诗人气质。

目 录

论《红楼梦》

003 / 一、引子
007 / 二、曹雪芹的身世与《红楼梦》
014 / 三、宝黛的爱情
027 / 四、叛逆者
038 / 五、广阔的现实
049 / 六、薛宝钗的悲剧
066 / 七、王熙凤,一条美丽的蛇
073 / 八、《红楼梦》是一个森林,一个海洋
093 / 九、《红楼梦》的人物塑造
105 / 十、《红楼梦》的批判性
116 / 十一、《红楼梦》的思想倾向
138 / 十二、《红楼梦》的思想性质
154 / 十三、高鹗续书

答关于《红楼梦》的一些问题

- 168 / 一、关于《红楼梦》的某些人物及关于典型的问题
- 182 / 二、关于《红楼梦》的思想意义和社会意义
- 186 / 三、关于《红楼梦》的现实主义、人民性和民族特色
- 190 / 四、关于曹雪芹的世界观和创作方法
- 193 / 五、写《论〈红楼梦〉》以及研究评价其他古典作品的体会

曹雪芹的贡献

- 199 / 一、奇迹似的《红楼梦》
- 206 / 二、奇迹为什么出现在十八世纪中叶？
- 224 / 三、怎样正确评价《红楼梦》？

论《红楼梦》

一、引子*

伟大的不朽的作品《红楼梦》是我国小说艺术成就的最高峰。关于它的深入人心，清代的笔记里有过一些故事。有一位作者说，他从前在杭州读书的时候，听说有某商人的女儿，貌美，会作诗，因为太爱读《红楼梦》了，后来得了肺病。她快死的时候，她父母把这部书烧了。她在床上大哭说："奈何烧杀我宝玉！"又一位作者说，苏州有个姓金的人，也很喜欢读这部小说，他给林黛玉设了牌位，日夜祭祀。他读到林黛玉绝食焚稿那几回，就呜咽哭泣。这个人后来竟有些疯疯癫癫了。①这些故事是比较奇特的，未必都是真事。前一位作者更是企图

---

* 本篇长文的二级标题，原是一、二、三……现二级标题名称均为编者所加。

① 以上见陈其元《庸闲斋笔记》卷八和邹弢《三借庐赘谭》卷四。这里只是转述其大意。

用那个故事来反对《红楼梦》。然而这些故事却也反映出来了这样的事实：《红楼梦》的艺术异常迷人，它所创造的人物异常成功，它对许多读者的精神生活发生了强烈的影响。

我们少年时候，我们还没有读这部巨著的时候，就很可能听到某些年纪较大的人谈论它。他们常常谈论得那样热烈。我们不能不吃惊了，他们对它里面的人物和情节是那样熟悉，而且有时爆发了激烈的争辩，就如同在谈论他们的邻居或亲戚，如同为了什么和他们自己有密切关系的事情而争辩一样。后来我们自己读到了它。也许我们才十四岁或十五岁。尽管我们还不能理解它所蕴含的丰富的深刻的意义，这个悲剧仍然十分吸引我们，里面那些不幸的人物仍然激起了我们的深深的同情。而且我们的幼小的心灵好像从它受过了一次洗礼。我们开始知道在异性之间可以有一种纯洁的痴心的感情，而这种感情比起在我们周围所常见的那些男女之间的粗鄙的关系显得格外可贵，格外动人。时间过去了二十年或者三十年。我们经历了复杂的多变化的人生。我们不但经历了爱情的痛苦和欢乐，而且受到了革命的烈火的锻炼。我们重又来读这部巨著。它仍然是这样吸引我们——或许应该说更加吸引我们。我们好像回复到少年时候。我们好像从里面呼吸到青春的气息。那些我们过去还不能理解的人物和生活，已不再是一片茫然无途径可寻的树林了。这部巨著在我们面前展开了许多大幅的封建社会的生活的图画,那样色彩炫目,又那样明晰。那样众多的人物的面貌和灵魂,那样多方面的封建社会的制度和风习,都栩栩如生地再现在我们眼前。我们读了一遍又一遍。我们每次都感到它像生活本身一样新鲜和丰富,每次都可以发现一些以前没有察觉到的有意义的内容。

伟大的作品,整个世界文学史上也为数不多的伟大的作品,正是这样的:它能获得不同年龄和经历了不同生活的广大的读者群的衷心爱好;它能够丰富和提高我们的精神生活;它能够吸引我们反复去阅读,不仅因为它的艺术的魅力像永不凋谢的花一样,而且因为它蕴藏的意义是那样丰富,那样深刻,需要我们去做多次的探讨然后可以比较明了。

《红楼梦》出现于十八世纪中叶,出现于中国最后一个封建王朝的最后一段兴盛的时期。经过了一百余年的统治,以满族入主中国的清朝不但已经打败了汉族的抵抗和反叛,而且征服了北部、西北、西部和西南的少数民族。它这时的统治应该承认是巩固的,强有力的,否则无法解释那样多次的战争的胜利。这个王朝看起来很显赫,实际却很快就要转入衰败了。就是十八世纪末叶和十九世纪初年,农民起义像火一样连绵不断地燃烧在许多地区。到了1840年,离《红楼梦》的出现还不到一百年,鸦片战争就爆发了。在中国的土地上存在了二千余年的封建社会从此就走向瓦解。《红楼梦》这部巨著为这个古老的社会作了一次最深刻的描写,就像在历史的新时代将要到来之前,给旧时代作了一个总的判决一样。它好像对读者说:这些古老的制度和风习是如此根深蒂固而又如此不合理,让它们快些灭亡吧!虽然在这沉沉地睡着的黑夜里,我无法知道将要到来的是怎样一个黎明,我也无法知道人的幸福的自由的生活怎样才可以获得,但我已经诅咒了那些黑暗的事物,歌颂了我的梦想。

林黛玉（1978年3月）

晴雯补裘(沈阳博物馆藏,1957年)

宝钗扑蝶（1979年）

宝钗扑蝶（线描）

湘云醉眠（1978年9月）

妙玉线描（未完稿）

王熙凤（1981年）

王熙凤(线描)

二、曹雪芹的身世与《红楼梦》

《红楼梦》的作者曹雪芹[①]把自己的名字写在这部不朽的小说的第一回里,并且说他曾"披阅十载,增删五次",这样来记下他的长期的辛勤的劳动。然而关于他的传记材料,至今为止,我们知道的还是很少。

曹雪芹的先世原是汉人,但很早就入了满洲旗籍。他的祖父曹寅曾做过苏州织造、江宁织造、两淮巡盐御史等官职。曹寅能作诗词戏曲,喜欢藏书和刻书。有名的《全唐诗》就是清朝皇帝要他负责刊刻成的。曹寅死后,他的儿子曹顒和嗣子曹頫相继承袭江宁织造。1727年,因亏空罢任,并被抄家[②]。曹

[①] 曹雪芹名霑,字梦阮,号雪芹,又号芹圃、芹溪。见敦敏《懋斋诗钞》、敦诚《四松堂集》、张宜泉《春柳堂诗稿》等书。

[②] 据北京大学藏抄本《永宪录续编》。李玄伯、周汝昌均疑和清朝皇帝胤禛打击他的兄弟胤禩和胤禟的党羽有关,但无确证。

家不久就回北京居住了。曹雪芹到底是曹颙的儿子还是曹頫的儿子，没有材料可考①。

他的生年也不能确知。估计约生于1716年左右②。他的幼年和少年时代，是曾经历了一段繁华的生活的。他的朋友爱新觉罗·敦敏在赠他的诗里说："燕市哭歌悲遇合，秦淮风月忆繁华"，应当不是虚语。他回到北京以后，经历不详③。

---

① 李玄伯《曹雪芹家世新考》因康熙五十四年三月初七日曹頫奏折中说到他的嫂嫂怀孕已及七月，推测曹雪芹为曹颙的遗腹子。胡适《红楼梦考证》荒唐地把小说和真人真事相混，说贾政就是曹頫、贾宝玉就是曹雪芹，断定曹雪芹为曹頫的儿子。两说都无根据，不如存疑。

② 甲戌本《红楼梦》第一回眉批："壬午除夕，书未成，芹为泪尽而逝。"如此批可信，则曹雪芹死于公历1763年2月12日，周汝昌因《懋斋诗钞》中《小诗代柬寄曹雪芹》前第三首《古刹小憩》题下注"癸未"，主张曹雪芹死于癸未除夕，即公历1764年2月1日。但《懋斋诗钞》原为残本，由收藏者"粘补成卷"（见原书影印本第七页燕野顽民题识），并非按年编排，而且《古刹小憩》题下"癸未"二字也非敦敏原注，而是后人补填（详见《文学研究集刊》第五册王佩璋《曹雪芹的生卒年及其他》）。所以曹雪芹的卒年仍不妨暂定为1763年。又《春柳堂诗稿》中《伤芹溪居士》题下注：曹雪芹"年未五旬而卒"。死时当距五十岁不远。如估计他享年约四十七岁，则生年当为1716年左右。

③ 梁恭辰《劝戒四录》卷四说曹雪芹"以老贡生槁死牖下"。他这段文字是诋毁《红楼梦》的，所说曹雪芹生平未必可靠。奉宽《兰墅文存与石头记》注十三引英浩《长白艺文志初稿》，说曹雪芹曾官坐主事，亦不知有何根据。周汝昌《红楼梦新证》因小说第二回有贾政"升了员外郎"之语，竟断定曹頫罢任回京后曾起官内务府员外郎，那就更不可信。所以这里一概没有采取。

只知道他后来住在北京西郊。1757年,爱新觉罗·敦诚在《寄怀曹雪芹》诗中说他"于今环堵蓬蒿屯"。1761年赠诗,更说他"举家食粥酒常赊"。大概中年以后,曹雪芹更为困顿了。后来因为孩子夭亡,他悲伤成疾[①],遂于1763年2月12日逝世。

敦敏、敦诚是清朝的宗室。他们也是两个不得志的旗人。敦诚做过一次小官,不久就退休了。他们生活也比较贫困,并且受汉族文人的影响很深,诗文里常常流露出一些牢骚不平之意。敦诚更喜欢流连山水,纵酒谈佛。他们和曹雪芹是很熟的朋友。正是由于他们自己有些牢骚不平,他们很欣赏曹雪芹的狂放和高傲。从他们的诗文里,我们还知道曹雪芹健谈好酒,工诗善画。他们说他的诗的风格近于李贺,并且用阮籍、刘伶来比拟他的为人。敦诚有一首《佩刀质酒歌》,题下的小注记载了曹雪芹的一件轶事:

> 秋晓,遇雪芹于槐园[②]。风雨淋涔,朝寒袭袂,时主人未出,雪芹酒渴如狂。余因解佩刀沽酒而饮之。雪芹欢甚,作长歌以谢余。余亦作此答之。

---

① 据敦诚《挽曹雪芹》诗注。
② 槐园为敦敏住宅,在太平湖侧。见《四松堂集》。

从这件轶事很可以想见曹雪芹的性格。可惜的是他那首长歌我们却读不到了。

虽然曹雪芹说过《红楼梦》写了十年，但到底是在哪年开始写的，已无法确定。根据脂评我们知道贾府衰败以后的故事也写成了若干部分。但现在却只存前八十回，后面部分的稿本早已散失了。他这部小说起初只在朋友间传看，知道的人是很少的。① 大约他逝世以后，才以钞本的形式流传起来，而且庙市中已有钞本出卖，每部要卖几十两银子②。1791年和1792年，程伟元把它和高鹗所续的四十回放在一起，两次以活字印行，不仅有一个时候北京许多人家的案头都有一部，而且流行到了南方③。等到翻刻日多，这部伟大的小说就流传更广了。

《红楼梦》广泛流传以后，获得了众多的读者的衷心爱

---

① 富察明义《题红楼梦》题下注："曹子雪芹出所撰《红楼梦》一部，备记风月繁华之盛……惜其书未传，世鲜知者。余见其钞本焉。"

② 高鹗1792年所作程乙本引言："是书前八十回，藏书家抄录传阅，凡三十年矣。"又程伟元《红楼梦》序："好事者每传钞一部，置庙市中，昂其价，得数十金，可谓不胫而走者矣。"

③ 郝懿行《晒书堂笔录》卷三《谈谐》条："余以乾隆，嘉庆间入都，见人家案头必有一本《红楼梦》。今二十余年来，此本亦无矣。"毛庆臻《一亭考古杂记》："乾隆八旬盛典以后，京版《红楼梦》流行江浙，每部数十金。至翻印日多，低者不及二两。"

好，视为奇珍；但也引起一些顽固的封建主义者的反对，甚至加以烧毁和严禁①。还有一些人则喜欢穿凿附会地对这部书进行所谓"索隐"。《红楼梦》开卷第一回说："作者自云：因曾历过一番梦幻之后，故将真事隐去，而借通灵之说撰此石头记一书也，故曰甄士隐云云。"②后来又说："虽我未学，下笔无文，又何妨用假语村言敷演出一段故事来……故曰贾雨村云云。"作者的意思不过是说，这部书虽然以他的生活经验为基础，但这个故事却是虚构的，却是小说。那些头脑冬烘的"索隐"派却以为这部小说的人和事都有所影射，企图去把那些真人真事都找出来。于是有些人说它是写的康熙时的大臣明珠家里的事，贾宝玉就是明珠的儿子纳兰性德；有些人说它是写的清朝皇帝福临和董小宛的故事，贾宝玉和林黛玉就是福临和董小宛；有些人说它暗中有反满的意思，书中女子多指汉人，男人多指满人，并且说林黛玉、薛宝钗等就是朱彝尊、高

---

① 毛庆臻《一亭考古杂记》说《红楼梦》有"伤风教"，"更得潘顺之、补之昆仲，汪杏春，岭梅叔侄等指贵收毁，请示永禁，功德不小。然散播何能止息？莫若聚此淫书，移送海外，以答其鸦片流毒之意，庶合古人屏诸远方，似亦阴符长策也"。梁恭辰《劝戒四录》记满洲玉麟云："我做安徽学政时，曾示严禁，而力量不能远及，徒唤奈何。"

② 本文所引《红楼梦》原文均根据庚辰本。庚辰本有脱误，以有正本或通行本校改。以后不再注明。

士奇等人。所有这一类荒唐无稽之谈都说明了这些人根本不了解文学。王国维的《红楼梦评论》是关于这部巨著的第一篇正式的评论文章。这篇文章推崇《红楼梦》为"宇宙之大著述",并以哥德①的《浮士德》相比。然而它对于这个大著述的内容的解释却是从头错到底的。王国维完全抹杀了这部小说里的对于人生的执著和热爱,对于不合理的事物的反对和憎恶,主观武断地把它和西欧资产阶级悲观主义哲学牵合起来,说它的思想价值在于鼓吹"解脱"和"出世"。"五四"运动以后,胡适批评了那些"索隐"派,那是对的。然而,无论是王国维还是胡适,由于他们的思想贫乏和思想错误,都无法了解这部小说的价值和意义。胡适和他的信从者说《红楼梦》就是曹雪芹的"自叙传",说贾政就是曹頫、贾宝玉就是曹雪芹,里面写的都是真事,那就连作者开卷第一回明明说过的"真事"已经"隐去",这不过是"用假语村言敷演出"的故事,亦即虚构的故事,都直接违反了。

我们认为它不但决不是如胡适所说的那样"平淡无奇",只是描写了一个贵族家庭的"坐吃山空""树倒猢狲散"的"自然趋势",而且它的内容也不限于只是反对和暴露了某

---

① 今通译作"歌德"。——编注

些个别的封建制度，而是巨大到几乎批判了整个封建社会的上层建筑和整个封建统治阶级，并且提出一些关于人的合理的幸福的生活的梦想。但是有些具体问题仍然有争论，仍然没有得到解决，还有待于我们的继续探讨。

伟大的作品正是这样的：尽管它早已广泛流传了，早已深入人心了，然而在关于它的解释和说明上都常常有不同的看法，还需要进行长期的研究，因而后来的研究者常常要对于以前的评论做出一些修正。这是并不奇怪的。因为这种作品本身就是一个复杂的庞大的存在，对于它的认识要经过一些曲折和反复，而解释和研究的人又往往要受到许多限制，不仅是个人的思想和艺术见解的限制，而且还有他们的时代的学术水平的限制。

三、宝黛的爱情

贾宝玉和林黛玉的爱情悲剧是《红楼梦》里面的中心故事,是贯穿全书的主要线索。虽然曹雪芹并没有把这个悲剧写完,但在这部小说的第五回,在贾宝玉梦游太虚幻境所听见的《红楼梦》十二支曲里面,他就告诉了我们这个爱情故事的结局将是不幸的:

> [**终身误**]都道是金玉良姻,俺只念木石前盟。空对着山中高士晶莹雪,终不忘世外仙姝寂寞林。叹人间美中不足今方信:纵然是齐眉举案,到底意难平。

这就是说,贾宝玉后来虽然和薛宝钗结婚了,却仍然忘记不了林黛玉,仍然认为是终身恨事。如果说这一支曲子还写得比较含蓄,还只说是"美中不足",只说是"意难平",紧接

着的另一支曲子就把贾宝玉和林黛玉互相爱恋而不能结合的痛苦写得很沉重,简直是一首声泪并下的悲歌了:

〔枉凝眉〕一个是阆苑仙葩,一个是美玉无瑕。若说没奇缘,今生偏又遇着他。若说有奇缘,如何心事终虚话?一个枉自嗟呀,一个空劳牵挂。一个是水中月,一个是镜中花。想眼中能有多少泪珠儿,怎禁得秋流到冬尽,春流到夏!

高尔基曾经说过,"在伟大的艺术家们的身上,现实主义和浪漫主义时常好像是结合在一起的。"[①]曹雪芹正是这样。《红楼梦》这部小说正是写得人物和生活都那样真实,而又带有大胆的幻想的色彩。关于这部小说的来历,作者首先给它虚构了一个奇异的故事。他说,女娲氏炼石补天的时候,三万六千五百块石头都用上了,单单剩下一块未用。这块石头"自经锻炼之后,灵性已通,见众石俱得补天,独自己无材,不堪入选,遂自怨自叹,日夜悲号惭愧"。这个正式的故事开始以前的故事并不是没有意义的。这显然含有牢骚不平的意思。一块顽石和这部小说又有什么关系呢?故事继续说,有

---

① 《我怎样学习写作》,据戈宝权译文。

一天,这块石头听到一僧一道坐在它的旁边,谈到红尘中的荣华富贵,它动了凡心,想到人间去。那个僧人就大展幻术,把它变成一块扇坠大小的鲜明莹洁的美玉①,然后把它"携入红尘,历尽离合悲欢,炎凉世态"。于是这块石头就记载了它所亲自经历的一段故事。这就是这部小说的来历。这也是《红楼梦》又名"石头记"的缘故。

关于贾宝玉和林黛玉的爱情的来历,作者也给它编了一个故事。这个故事说,西方灵河岸上三生石畔,有一株绛珠草。它因得到赤瑕宫神瑛侍者日以甘露灌溉,始得久延岁月。"后来既受天地精华,复得雨露滋养,遂得脱却草胎木质,得换人形,仅修成个女性"。等到神瑛侍者要下凡,她也就决心下世为人,好把一生所有的眼泪还他,以偿还甘露之惠。神瑛侍者投生到人间就是贾宝玉;林黛玉就是绛珠仙子。这个故事和上面那个故事又怎样结合起来呢?按照脂本系统的本子,那块由石头变成的美玉应当就是贾宝玉出生时嘴里所衔的玉。但在小说里面,作者又常常用这块石头来代表贾宝玉。所以在《红楼梦》十二支曲中说,"都道是金玉良姻,俺只念木石前盟","一个是阆苑仙葩,一个是美玉无瑕"。"石"和"美

---

① 这段故事见甲戌本。庚辰本和以后的本子都删去了。

玉"都是指贾宝玉，"木"和"仙葩"都是指林黛玉。后来程伟元印的本子干脆改为神瑛侍者也就是那块石头了。作者开头就声明过，他这是"荒唐言"。把神话式的故事写得这样迷离也没有什么可奇怪的。贾宝玉所姓的贾也就是假语村言的假。或许作者本来有这样的寓意，贾宝玉就是假宝玉，就是说它原是一块石头。这也就是说，在当时的世俗的人看来，在封建统治阶级及其拥护者看来，他并非真可宝贵，并非肖子，然而作者却喜爱他是一块"行为偏僻性乖张，那管世人诽谤"的顽石。按照作者的计划要写成和贾宝玉结婚的薛宝钗，她带有一个金锁。这就是所谓"金玉良姻"的来源。作者在出于自己的情投意合的恋爱和父母包办的婚姻之间虚构了这样一些情节，也可能是有寓意的。在当时的世俗的人看来，也就是在封建统治阶级及其拥护者看来，薛宝钗是一个贵公子的理想的伴侣，正好像他们所珍贵的金和玉两相匹配一样。而一个不肖的子弟和一个不幸的弱女子却不过和石头和草一样卑微。卑微，然而互有深厚的牢不可破的爱情，就像在生前已经有了情谊和盟誓。

从生物学的观点看来，人类的异性之间的互相吸引、互相爱悦，以至要求结合，也不过是受了自然的法则的支配，也不过是为了延续种族。然而人到底和其他生物不同。人类用自己的手创造的文明把人的物质生活和精神生活都大为提高，大为丰富了。男女的互相爱悦和要求结合，在一个文明人看来，并不仅仅是为了生育子女，却首先是和个人的生活个人的幸福密切有关的事情。而异性之间的爱情，这种本来是基于性的差别和吸引而发生的情感，到了后来竟至升华为一种纯洁的动人的心灵的契合，好像性的吸引反而不是最重要的原因了。人类的生活里面出现了这种感情，就不能不在观念上和实际上都对于两性生活发生了很大的影响：婚姻只有在爱情的基础上才是合理的、幸福的、道德的，否则就是相反的东西。然而，正如恩格斯所说，在所有历史上的统治阶级中间，婚姻都是由父母来安排的，中国的封建婚姻制度也是男女结合必须经过"父母之命，媒妁之言"。《红楼梦》第五十七回，薛姨妈对林黛玉和薛宝钗讲了一个月下老人的故事。她说这个月下老人是专管男女婚姻的。如果他用一根红丝把两个人的脚拴住，凭你两家隔着海、隔着国，或者有世仇，也终究会成夫妇。如果他不用红线拴，尽管你本人愿意，或者经常在一起，都不能结婚。①这个故事在过去是很流行的。它反映了封建社会的婚姻制度的特点，它是那样盲目，那样不能由自己选择。《红楼梦》不仅通

---

① 原话还说到就是父母愿意或甚至以为是定了亲事，月下老人不拴脚，也不能结婚。那是把这个故事说得更神秘一些。

过许多激动人心的故事诉说了这种婚姻不能自主的痛苦，而且它对不合理的封建婚姻制度作了更深刻的暴露。它写出了这种婚姻制度的牺牲者主要是妇女。它写出了这种婚姻制度容许公开的多妻制，容许各种各样的公开的和秘密的淫乱，然而它却不能容许花一样开放在这不洁的家庭中间的纯洁的痴心的恋爱。

曹雪芹是自己知道他这部作品在描写爱情上的特别杰出的。在开始他的故事之前，他批评了才子佳人小说"千部共出一套"，"自相矛盾，大不近情理"；他认为历来的爱情故事"不过传其大概"，而且大半不过写了些"偷香窃玉，暗约私奔"，"并不曾将儿女之真情发泄一二"。他完全实现了他的艺术上的抱负。放射着天才的光芒的《红楼梦》不仅使那些概念化公式化的文笔拙劣的才子佳人小说黯然失色，而且在内容的丰富和深刻上远远地超过了在它以前的许多著名的描写爱情的作品。

《红楼梦》里面曾经提到两部很有名的描写爱情的戏曲，《西厢记》和《牡丹亭》。贾宝玉对林黛玉称赞《西厢记》说："真真这是好书，你要看了，连饭也不想吃呢。"林黛玉看完以后，觉得"词藻警人，余香满口"。以后他们常常引用它里面的精彩的句子。后来林黛玉又独自听到《牡丹亭》的《惊梦》一折中的唱词，她觉得"十分感慨缠绵"，以至"心动神摇""如醉如痴",最后落下泪来。作者把这些情节集中在一回来写,固然是为了描写他们的青春的觉醒,描写他们曲折地表达了爱情而又仍然受到封建礼教束缚的苦恼,但也可以看出,作者是十分欣赏这两部名著的。这两部名著在描写爱情上可以看作是《红楼梦》的先驱。《西厢记》的词句的优美,情节的单纯,和谐,几乎整个作品就像一首抒情诗一样,这在过去的戏曲中是无与伦比的。《牡丹亭》的《惊梦》中的那些脍炙人口的曲词也可以说是描写女子伤春的千古绝唱。曹雪芹正是着重从这些方面推崇它们。然而在内容上《红楼梦》决不只是吸取了它们的精华,更主要的却是在描写爱情生活上展开了一个新的世界。

　　《西厢记》所描写的爱情是一见倾心式的爱情。使张君瑞一下就着魔的不过是崔莺莺的美貌和风度,引动崔莺莺的也不过是张君瑞的相貌和才情,这就叫作"才子佳人信有之"。然后就是相思病和幽期密约。这样的情节后来成了许多小说和戏曲的公式。我们并不是一般地反对这种情节。异性之间的爱悦最先总是由于外貌的吸引;而且在一般青年男女根本没有接触机会的封建时代,一见倾心式的恋爱也还是比父母包办的婚姻优越。但是,《西厢记》所描写的这样的爱情到底还是比较简单的。所以《西厢记》里面最有吸引力的人物并不是张君瑞和崔莺莺，而是红娘。《牡丹亭》所描写的爱情更离奇一些，它还不是发生于真正的一见，而是发生于梦中。文学的世界里面，奇特的想象是完全可以容许的。这也是反映了封建社会的青年男女太没有接触和恋爱的机会。作者汤显祖在题词中说，情之至者，"生者可以死，死可以生"。他就是以这个大胆的幻想的故事来写爱情的力量。但杜丽娘的爱情的根据是什么呢？她对柳梦梅说，"爱的你一品人才""是看上你年少多情"。这也仍然是比较简单的。《红楼梦》所描写的贾宝玉和林黛玉的恋爱有一个最重要的特点，就是它是建立在互相了解和思想一致的基础上面。他们是从幼年时候就在一起长大的。他们是在较长时期的生活之中培养了彼此的感情。两小无猜，这也还是过去的文学作品描写过的。但必须有思想一致的基础这却是《红楼梦》才第一次这样明确地写了出来。贾宝玉对于薛宝钗的美貌和肉体的健康是曾经动过羡慕之心的，然而他所选择的却是林黛玉。这并不是仅仅因为从较长时期的生活中自然形成的感情，而是因为薛宝钗所信奉的是封建正统派的思想，并且用那种思想来劝说他；林黛玉却从来不说那些"混账话"，从来不曾劝他去走封建统治阶级所规定的"立身扬名"的道路。这也正是贾宝玉和林黛玉互相认为"知己"的缘故。必须建立在互相了解和思想一致的基础上这样一个爱情的原则,是在今天和将来都仍然适用的。曹雪芹生活在我国的近代的历史开始之前,然而他在《红楼梦》里面却提出了这样一个关于恋爱和结婚的理想,这样一个在当时一般男女无法实现因而实际是为了未来提出的理想。伟大的作品正是这样的:它所提出的理想不仅属于它那个时代,而且属于未来。

我们说贾宝玉和林黛玉的恋爱已经包含了一个现代的恋爱的原则,这并不是说他们的恋爱就已经和现代的恋爱一样。伟大的作家可以提出未来也适用的理想,然而他却不可能描写出当时并不存在的生活。在曹雪芹的时代,是还不曾出现近代和现代那样的恋爱的。因此,贾宝玉和林黛玉的恋爱又有一个非常触目的特点,就是它仍然带有强烈的封建社会的恋爱的色彩。这种特点首先表现在那种特有的曲折和痛苦的表达爱情的方式上。有相当长的一个时期,贾宝玉和林黛玉常常闹别扭,吵嘴,有时吵得很厉害。今天的读者也许会奇怪,他们既然互相爱着,为什么又那样常常闹别扭,为什么在还没有成为悲剧的时候就那样不幸福呢?在封建时代,特别是在他们那样的阶级和家庭,爱情是不能正面地直接地表达的。关于这,作者在第二十九回作了说明。他说,宝玉对黛玉"早存了一段心事,只是不好说出来,故每或喜或怒,变尽法子,暗中试探";黛玉也是"每用假情试探",也是"将真心真意瞒了起来,只用假意"，这样就"难保不有口角之争"了。第三十二回，又在这样一种小儿女的口角之后，宝玉和黛玉说："你放心。"黛玉仍然假装不明白这句话。她走了以后，宝玉在发呆的状态里，竟把来找他的丫头花袭人误当作黛玉，大胆地诉说起他的心事来了。花袭人听了，吓得"魄消魂散"；她觉得这种违反封建礼教的爱情是那样可怕，以至"也不觉怔怔地滴下泪来"。这是写得异常深刻的。封建礼教不仅成为贾政和王夫人这样一些人坚决信奉的大道理，而且竟至深入到花袭人这个奴隶身份的人的头脑里面。在她看来，她和宝玉发生了性的关系，那是可以的，因为她不过是一个丫头，而且是宝玉房中的丫头。至于宝玉和黛玉如果也发生了什么事情，那就完全不同了，那就是"丑祸"了。宝玉和黛玉的爱情所处的就是这样的环境。这正像一棵植根在石头底下的富有生命力的小树一样，不管怎样受到压抑，还是顽强地生长起来了。生长起来了，然而不能不是弯曲的、畸形的。因此，他们的爱情不能不是痛苦多于甜蜜，或者说痛苦和甜蜜是那样紧紧地交织在一起，以至分不清到底什么更多。《红楼梦》就是写出了这种"儿女之真情"，而且写得那样细腻，那样激动人的心灵。贾宝玉和林黛玉的恋爱带有强烈的封建社会的恋爱的色彩，还不仅仅表现在他们表达爱情的方式上，而且表现在他们的行动没有更大胆地突破封建礼教的限制。这就说明他们的恋爱不但同近代的和现代的恋爱不同，而且同封建社会的比较下层的人民中间的恋爱也有差异了。

曹雪芹在批评才子佳人小说的时候，还指出了它们的一个公式，就是在男女主人公之外，"又必傍出一小人其间拨乱，亦如剧中之小丑然"。其实许多戏曲也是这样。世界上自然是有坏人的，但把一切美好的愿望之受到阻难和破坏都只归咎于这种个别的人物，而且把他们写得很简单和不真实，那就太偶然太表面了。《红楼梦》所描写的贾宝玉和林黛玉的爱情悲剧完全不是这样。在这一对互相爱恋的少男少女之外，书中也出现了薛宝钗这个第三者。她曾经常常是他们吵嘴的原因。她对于贾宝玉也并非没有爱慕之意，而且她后来事实上成为贾宝玉的妻子。习惯于读那些公式化的小说戏曲的人，很可能就会把她看作是一个破坏宝玉和黛玉的爱情的小人。曹雪芹虽然没有来得及把全书写完，他在第四十二回以后就用事实来打破了这种猜想。他写林黛玉和薛宝钗互相亲密起来，不再心怀猜忌，以至后来贾宝玉也觉得奇怪。这固然和黛玉经过了一些痛苦的试探，已经知道了宝玉的爱情的稳固，不再猜疑忌妒有关；但更重要的却是作者所写的薛宝钗本来并不是一个成天在那里想些阴谋诡计，并用它们来破坏别人的幸福的人。只是因为她是一个封建正统思想的忠实的信奉者，贾府才选择她做媳妇，而且我们今天才很不喜欢这个人物。宝玉和黛玉的爱情成为悲剧，不是决定于薛宝钗，也不是决定于凤姐、王夫人、贾母，或其他任何个别的人物，而且这些人物没有一个写得像戏中的小丑一样，这正是写得很深刻的。这就写出来了它是一个封建制度的问题。

贾宝玉和林黛玉的悲剧的必然性，还不只是由于个别的封建制度。不幸的结局之不可避免，不仅因为他们在恋爱上是叛逆者，而且因为那是一对叛逆者的恋爱。封建统治阶级固然很强调所谓"风化"，所谓"男女之防"；但如果并不触犯更多的或者更根本的封建秩序，仅仅在男女关系上有些逾闲越检，对于本阶级的男子，还是完全可以赦免的。在《西厢记》所从取材的《会真记》里，我们就可以见到这种事例。那也是一个悲剧的结局，然而那只是女方的悲剧。至于那个男主人公，当时的人不但不责备他始乱终弃，反而多称许他为善于补过。贾宝玉却不但在林黛玉死后仍然爱着她，不像张生那样悔改，而且他对于一系列的封建制度都不满和反对。他反对科举、八股文和做官。他违背封建社会的男尊女卑和严格的等级制度。他讨厌封建礼法和家庭的束缚。他把"四书"以外的许多书都加以焚毁,那当然包括许多封建统治阶级极力提倡的著作①。这样一个大胆的多方面的并且不知悔改的叛逆者,是不能得到赦免的。这样一个叛逆者,林黛玉却同情他、支持他、爱他,而且她本人也并不是一个驯服的女儿,等待着她的自然也就只有不幸的命运了。贾宝玉和林黛玉的悲剧是双重的悲剧。封建礼教和封建婚姻制度所不能容许的爱情悲剧和封建统治阶级所不能容许的叛逆者的悲剧。曹雪芹把双重悲剧写在一起,它的意义就更为深广了。封建制度封建道德的不合理和封建统治阶级的腐败、罪恶,不仅必然要激起人民的反抗,而且也必然要从它的内部产生一些叛逆者。中国过去的历史和文学都不断地记录了这样的事实。贾宝玉就是许多叛逆思想和叛逆行为的一个集中的表现者。

---

① 第三回,宝玉对探春说:"除四书外,杜撰的太多,偏只我是杜撰不成?"第十九回,花袭人说宝玉曾说过:"除明明德外无书,都是前人自己不能解圣人之书,便出己意混编纂出来的。"第三十六回,说贾宝玉"祸延古人,除四书外,竟将别的书焚了。"这焚的书当然不会是《西厢记》之类,而一定包括那些"出己意混编纂"的解经著作。

四、叛逆者

贾宝玉和林黛玉都是封建统治阶级的叛逆者,这对于说明他们的悲剧的必然性是很重要的。但如果要再进而分析这两个典型人物的性格的特点,也只是停留在这样的一般的理解上,那就不够了,那就太粗略了。典型被归结为一定社会历史现象的本质,典型问题任何时候都是政治性的问题,这样一些片面的简单化的公式在不久以前的《红楼梦》问题讨论中十分流行。许多论文都重复地引用这些公式,并根据它们来说明贾宝玉和林黛玉这样一些人物。中国封建社会的历史和文学中都曾出现了许多叛逆者。就在《红楼梦》第二回,贾雨村讲到许多"正邪两赋而来"的人,其中如阮籍、嵇康、刘伶、卓文君、红拂等都是有一定的叛逆性的人物,然而贾宝玉和林黛玉跟他们却又多么不同!《儒林外史》里面的杜少卿,同样是从封建官僚家庭出身的子弟,同样反对科举,然而贾宝玉跟他也多么不同!甚至就是贾宝玉和林黛玉这样两个因为互相是"知己"而相爱的人物,他们的性格之间也存在着多么大的差异!在阶级社会里,人总是有阶级性的,人总是有一定的政治倾向的,不管他是否自觉。然而任何一个人都决不是抽象的阶级性和政治倾向的化身。他或她各有各的个性和特点。文学中的人物,如果不是公式化概念化的而是现实主义的作品中的人物,当然也是这样。特别是那些成功的典型人物,它们那样容易为人们所记住,并在生活中广泛地流行,正是由于它们不仅概括性很高,不仅概括了一定阶级的人物的特征以至某些不同阶级的人物的某些共同的东西,而且总是个性和特点异常鲜明、异常突出,而且这两者总是异常紧密地结合在一起。

同中国的和世界的许多著名的典型一样,贾宝玉这个名字一直流行在生活中,成为了一个共名。但人们是怎样用这个共名呢?人们叫那种为许多女孩子所喜欢,而且他也多情地喜欢许多女孩子的人为贾宝玉。是不是我们可以笑这种理解为没有阶级观点和很错误呢?不,这种理解虽然是简单的、不完全的,或者说比较表面的,但并不是没有根据。这正是贾宝玉这个典型的最突出的特点在发生作用。《红楼梦》是反复地描写了这个特点的。在他没有出场的时候,别人就介绍了他七八岁时说的孩子话:"女儿是水作的骨肉,男人是泥作的骨肉。"

后来书中又写他有这样的想法:"凡山川日月之精秀只钟于女儿,须眉男子不过是些渣滓浊沫而已。"他对许多少女都多情。不但对于活人,甚至刘姥姥信口开河,给他编了一个已经死了的"极标致"的小姐的故事,他也要派人去找那个并不存在的祭祀她的庙宇。

他既然对许多少女都多情,就不能不发生苦恼。有一次,当林黛玉和史湘云都对他不满的时候,他就不能不"越想越无趣":"目下不过两个人,尚未应酬妥协,将来犹欲何为?"又一次当晴雯和花袭人吵闹的时候,他就不能不伤心地说:"叫我怎么样才好?把这个心使碎了,也没人知道。"虽然后来他见到大观园内也有不理睬他的女孩子,才"自此深悟人生情缘各有分定",不可能死时得到许多女孩子的眼泪。但他喜欢在许多女子身上用心的痴性并没有改变。平儿被贾琏和凤姐打骂以后,宝玉让她到怡红院去换衣梳洗,补偿了他平日不能"尽心"的"恨事",竟感到是"今生意中不想之乐"。香菱因为斗草把石榴红绫裙子在泥里弄脏以后,宝玉叫花袭人把一条同样的裙子送给她换。他也是很高兴得到这样一次"意外之意外"的体贴和尽心的机会。后来他又把香菱斗草时采来的夫妻蕙和并蒂菱用落花铺垫着埋在土里,以至香菱说他"使人肉麻"。《红楼梦》用许多笔墨渲染出来的贾宝玉的这种特点是如此重要：去掉了它也就没有了贾宝玉。这就是这个叛逆者得以鲜明地和其他历史上的和文学中的男性叛逆者区别开来的缘故。这就是曹雪芹的独特的创造。当然，这个特点是和贾宝玉身上的整个的叛逆性完全统一的。从封建统治阶级和封建礼教看来，这本身也就是一种叛逆，也就会引起"百口嘲谤，万目睚眦"；而且在贾宝玉完全否定他的阶级给他规定的道路，从他的生活中又再也找不到其他什么值得献出他的青春和生命，这种对于纯洁可爱的少女的欣赏和爱悦，特别是对于林黛玉的永不改变的爱情，正是他精神上的唯一的支柱。

贾宝玉这个典型人物的这个特点是很明显的。问题在于如何解释它。第七十八回，贾母也就曾说到他的这个特点：

> 我也解不过来，也从未见过这样的孩子。别的淘气都是应该，只他这种和丫头们好更叫人难懂。我为此也担心。每冷眼查看他，只和丫头们顽闹，必是人大心大，知道男女的事了，所以爱亲近他们。既细细查试，究竟不是如此。岂不奇怪？想必原是个丫头错投了胎不成？

这像是作者向我们提出的问题，要求我们来解答。第二回，贾雨村对这个问题曾作过解释。他说，天地有什么正气和邪气，这两种气相遇必然互相搏击。人要是偶秉这种正邪交错之气而生，生于诗书清贫之族则为逸士高人，生于薄祚寒门则为奇优名倡，生于公侯富贵之家则为情痴情种。这种解释我们自然不会满意。在我们现在，又还可以见到或听到这样的解释，说这是贾宝玉的缺点，这是他的恋爱观和恋爱生活方式不好，这是他的爱情不专一，这是他身上的污浊和颓废的一面。这种意见也是不妥当的。

少年男女和青年男女本来容易有互相爱悦之情。贾宝玉又是生活在那样的环境里，和许多美丽的聪明的少女很接近。他那个阶级的男人和结了婚的妇女本来没有或极少有使他喜欢的，只有少女们比较天真纯洁，而那些被压迫的奴隶身份的丫头尤其值得同情。第七十一回，鸳鸯和探春诉说着封建大家庭的矛盾和苦恼，尤氏说宝玉"只知道和姊妹们顽笑""一点后事也不虑"。宝玉笑道："我能够和姊妹们过一日是一日，死了就完了，什么后事不后事！"这句话虽然是笑着说的，却说得很悲伤。宝玉为什么那样爱和女孩子们亲近也可以在这里得到解释。那不仅由于少年男女的自然的互相吸引，而且由于他对他那个家庭和阶级都感到了绝望。在对平儿和香菱的体贴和尽心上，却是同情和喜悦结合在一起，而且更多地是出于同情。书中曾写宝玉想到平儿并无父母兄弟姊妹，独自处于贾琏和凤姐之间，比黛玉尤为薄命，因而伤感流泪，又曾写宝玉对于香菱也是怜惜她没有父母，连本姓都不知道，被人拐出来，卖给薛蟠这样一个霸王。把这种复杂的对于少女们的情感都说成是消极的不好的东西，那是还不如贾母的观察客观和细致的。

贾宝玉曾经说过这样的话："女孩儿未出嫁是颗无价之宝珠。出了嫁，不知怎么就变出许多不好的毛病来；虽然是颗珠子，却没有光彩宝色，是颗死珠了。再老了，更变的不是珠子，竟是鱼眼睛了。分明一个人，怎么变出三样来？"这也是作者要把他的性格的特点写得很突出。我看这也不是什么恋爱观和恋爱生活方式不好，还是书上那个小丫头春燕的评论很对。她说："这话虽是混说，到也有些不差。"为什么有些不差呢？这是因为在那样的社会里，不仅是封建地主阶级的结了婚的妇女，就是她们的女仆，也是年龄越大就沾染恶习越多。至于对黛玉的爱情，宝玉的确是不够专一的。就是在晴雯死去，宝钗搬走以后，他所想到的还是有两三人和他同死同归。这也正是贾宝玉的爱情跟近代的和现代的爱情还有不同之处。这和中国封建社会里面多妻制的合法存在不无关系。在那样的社会、时代和具体环境里，像贾宝玉那样的人物，应该说已经是很纯洁很有理想的少年人了。不把他对女孩子的多情和痴心同他身上的整个叛逆性联系起来看，不把它本身作为对于封建礼教和封建社会的男尊女卑的观念的大胆的违背，不把它里面的合理的和优越的因素看作基本的东西，反而简单地苛刻地加以否定或指摘，那是不合乎历史主义的观点的。

贾宝玉的性格的这种特点也是打上了他的时代和阶级的烙印的。然而少年男女和青年男女的互相吸引，互相爱悦，这却不是一个时代一个阶级的现象。因此，虽然他的时代和阶级都已经过去了。贾宝玉这个共名却仍然可能在生活中存在着。世界上有些概括性很高的典型是这样的，它们的某些特点并不仅仅是一个时代一个阶级的现象。但是，如果今天有人有意地去仿效贾宝玉，而且欣赏他身上的那些落后的因素，那就只能说是他自己犯了时代的错误，《红楼梦》是不能负责的。

如上所说，贾宝玉这个叛逆者的叛逆性不仅表现在他对于科举、八股文、做官等一系列的封建制度的不满和反对，而且特别突出地表现在他对于少女们的爱悦、同情、尊重和一往情深，亦即是对于封建礼教和封建社会的男尊女卑的观念的大胆的违背上。这是和作者所写的这个人物的许多具体条件很有关系的。他不但生于公侯富贵之家，而且他是一个还不曾入世的少年人。他的"行为偏僻性乖张"就最容易往这方面发展。至于林黛玉的性格的特点，如果只用叛逆者来说明，那就未免也过于笼统了。有些文章说她是"具有浓厚解放思想的人物"①，说她"几乎兼有崔莺莺、杜丽娘的柔情和祝英台、白素贞的勇敢坚强"②，这正是一种忽略了这个典型性格的个性和特点的结果。我们还是看在生活中，人们是怎样用林黛玉这样一个共名吧。人们叫那种身体瘦弱、多愁善感、容易流泪的女孩子为林黛玉。这种理解虽然是简单的，不完全的，或者说比较表面的，但也并不是没有根据。这也正是林黛玉这个典型的最突出的特点在发生作用。

《红楼梦》也是反复地描写了这个特点的。在她还没有出场的时候，作者就给我们讲了一个"还泪"的故事。她第一次见到宝玉，宝玉发痴摔玉，她就真的第一次还了泪。后来又说明她的性情是"无事闷坐，不是愁眉，便是长叹，且好端端的，不知为了什么常常的便自泪道不干的"。当她经过了多次的暗中试探，知道了宝玉的爱情的可靠以后，她又悲伤父母早逝，无人为她主张，而且病已渐成，恐不能久待。她好像已经预感到她的不幸的结局了。后来写她的病越来越重了，有一次，宝玉劝她保重，不要自寻烦恼。她拭泪说："近来我只觉心酸，眼泪恰像比旧年少了些的。心里只管酸痛，眼泪却不

---

① 《红楼梦问题讨论集》三集，52页。
② 《红楼梦问题讨论集》三集，175页。

多。"宝玉说："这是你哭惯了，心里起疑，岂有眼泪会少的。"又一次，紫鹃对黛玉说："公子王孙虽多，那一个不是三房五妾，今儿朝东，明儿朝西，要一个天仙来也不过三夜五夕也丢在脖子后头了。"她这样讲了当时的一般上层女子的命运，然后劝黛玉决心爱宝玉。她说，"岂不闻俗语说，万两黄金容易得，知心一个也难求。"就是对这样亲密的伴侣，黛玉也不能吐露她的胸臆，只有暗暗地哭泣了一夜。林黛玉这种封建社会的上层女子就是这样痛苦，这样无法表达自己的爱情，也无法主宰自己的命运。她只有一直同悲伤和眼泪相陪伴。

自然，人的性格总是复杂的。作者也曾写到了她的性格的其他方面。写她冰雪一样聪明。写她孤高自许。写她有时候也心直口快，而且善于诙谐。写她对于爱情是那样执着，那样痴心。写她并不只是"好弄小性儿"，对于她所爱的人有时也是很温柔的。然而她的性格上的最强烈的色彩却是悲哀和愁苦。这是一个中国封建社会的不幸的女子的典型。在她的身上集中了许多不幸。父母早死；寄人篱下；因为不愿去讨得周围的人的欢心而陷于孤独；遇到了一个"知己"然而却是没有希望的爱情；异常痛苦地感到了封建主义对于少女的心灵的桎梏而又不能更大胆地打碎它；最后还加上日益沉重的疾病。

她首先是一个女子，这就使得她的叛逆性和反抗性和贾宝玉有很大的区别。而许多不幸又使得她和过去的文学中的那些痴情的女子的面貌也很不相同。她自己曾叹息过，她比崔莺莺还薄命。杜丽娘虽然曾经憔悴而死，她的单纯的少女的心灵也不曾经历过这样多的酸辛。祝英台和白素贞，那是从劳动人民的口头创造出来的人物，她们身上具有劳动人民的某些特点和色彩，几乎可以说残酷的封建压迫在她们的性格上留下的痕迹并不显著。林黛玉的叛逆性和反抗性却主要是以这样一种痛苦的形式表现出来：尽管不幸已经快要压倒了她，她却仍然并没有屈服，仍然在企图改变她的命运；尽管她并不能打碎封建主义对于她的心灵的桎梏，她却仍然在和它苦斗，仍然在精神上表现出来了一种傲岸不驯的气概。

第六十三回，在行占花名的酒令的时候，黛玉掣得的是一根画着芙蓉花的象牙花名签子，那上有一句诗："莫怨东风当自嗟"①。这是中国古代的诗的委婉的表现方法，"莫怨"正是"怨"。而这个吹落百花的"东风"，在我们今天看来，就是封建社会。林黛玉这个性格的特点，比较贾宝玉是更为具有强烈的时代色彩的。随着妇女的解放，这个典型将要日益在

---

① 欧阳修《再和明妃曲》："汉计诚已拙，女色难自夸。明妃去时泪，洒向枝上花。狂风日暮起，飘泊落谁家。红颜胜人多薄命，莫怨春风当自嗟。"

生活中缩小它的流行的范围。然而，即使将来我们在生活中不再需要用这个共名，这个人物仍然会永远激起我们的同情，仍然会在一些深沉地而又温柔地爱着的少女身上看到和她相似的面影。

《红楼梦》就是这样深刻地通过贾宝玉和林黛玉的悲剧，提出了青年男女的婚姻自主的要求，提出了以互相了解和思想一致为基础的爱情的原则，而又塑造了贾宝玉和林黛玉这样两个不朽的典型。

五、广阔的现实

贾宝玉和林黛玉的悲剧是《红楼梦》里面的中心故事和主要线索。然而全书所展开的生活是那样广阔,远不只是写了这个悲剧。《红楼梦》是属于那种世界文学史上为数不多的巨大的作品,内容异常深厚的作品,它不是从生活中抽取了一个故事来描写,出现的人物限制在这单一的故事的范围之内,而是在我们面前就像展开了生活本身,就像在真实的生活中一样,人物是那么众多,纠葛是那么复杂。它写了宁国府和荣国府这样两个封建大家庭,主要地写了荣国府。也可以说,这是贾宝玉和林黛玉的悲剧发生的环境。然而,它却又并不是把这两个家庭仅仅当作背景来写。这也正像生活本身一样,在真实的生活中许多人物和事件常常是互相联系而又各自具有独立的意义,我们难于把它们仅仅当作某一部分的背景。

有人计算过,《红楼梦》里面写了四百四十八人[①]。这里面自然也有许多人物是并不重要的。但仅就我们读后留有鲜明的印象,以至长久不能忘记的人物而论,也至少是以数十计。对于这样巨大的作品,一篇论文是无法接触到它的全部内容的。我们所能做的只是就我们认为最重要的部分来作一些说明而已。

读者们也曾有过这样的经验吗?当我们还是少年的时候,和我们的同学或者朋友一起读完了这部书,我们争论着它里面的人物我们最喜欢谁,最后终于一致了。我们最喜欢的不是探春,不是史湘云,甚至也不是林黛玉,而是晴雯。我想我们少年时候的选择和偏爱是有道理的。

曹雪芹写了许多可爱的或者有才能的丫头。他对于这些身居奴隶地位的少女显然抱有很大的同情。其中写得最出色的就是晴雯。贾宝玉梦游太虚幻境的时候,在薄命司首先看到的是《金陵十二钗又副册》,而晴雯又正居首页。册子上的那几句关于晴雯的话不只是预示了她将来的遭遇,而且充满了同情和悲悼:

[①] 蚧川大某山民加评本《明斋主人总评》:"总核其中人数,除无姓名及古人不算外,共男子二百三十二人,女子一百八十九人。"上有批语:"据姜季南云:男子二百三十五人,女子二百一十三人。"盐谷温《中国文学概论讲话》与后说同。这里暂用后说。这是包括高鹗续的四十回在内。

五、广阔的现实

霁月难逢，彩云易散，心比天高，身为下贱。风流灵巧招人怨，寿夭多因诽谤生，多情公子空牵念。

晴雯原是贾府世仆赖大家用银子买的一个小丫头。因为贾母喜欢她，生得"十分伶俐标致"，赖嬷嬷就把她当作一件小礼物孝敬了贾母。她和香菱一样可怜，连家乡父母也不记得。《红楼梦》里描写她的场面并不多，然而每个片段都很吸引人。她的性格是明朗的、健康的，不像林黛玉精神上那样悲苦。她也不像花袭人那样卑屈，而是以平等的无邪的心去对待贾宝玉，就像对待亲密的兄弟和友人一样。对王夫人那样一些高踞在她头上、可以要她生也可以要她死的"主子"，她也并不畏惧和屈服。几乎可以说她是大观园中唯一的一个野性未驯也即是人民的粗犷气息还保留得最多的女孩子。果然她也就是大观园中一个最悲惨的牺牲者。

我们已经读不到曹雪芹写的或者打算写的林黛玉之死了，不知道那会多么悱恻动人。但晴雯之死我们却还可以读到。这或许是《红楼梦》中最悲伤最缠绵的场面。这一段描写特别感动我们，还不仅仅由于写出了"儿女之真情"，而且由于它表现了这样一种悲恸和愤怒：这是一个没有任何罪过的少女的含冤而死，这是那种死不瞑目或者怨气冲天的含冤而死。花袭人是和贾宝玉有私情的，然而大受王夫人的赏识和信任。晴雯完全是清白的，然而被骂为狐狸精，被摧残致死。作者这种对照的描写正是控诉了封建礼教及其维持者是多么虚伪，多么荒谬而又多么残酷！晴雯这个人物特别能够激起我们的同情和喜爱，原因就在这里。她美丽，聪明；她的性格很明朗并富有反抗性；她和贾宝玉的亲密的关系是纯洁的；而且她的夭折代表了封建社会里的许多无辜者的屈死。

向来有这样的说法，花袭人为薛宝钗的影子，晴雯为林黛玉的影子①。这两对人物的确各有相同之处，而且晴袭和黛钗都是用的两相对照的写法。但是，从人物的个性和特点来说，这些人却又是很有差异的。尽管或者同是封建正统思想的拥护者，或者同是叛逆者，但所处的阶级地位不同，所受的教养不同，她们的个性也不同，就不能不有了显著的差异。

一直跟着贾母的鸳鸯，平时看起来是和顺的，善于和这个家庭的人们相处的。然而当年老好色的贾赦要强迫讨她做妾的

---

① 甲戌本第八回批语："余谓晴有林风，袭乃钗副。"涂瀛《〈红楼梦〉问答》："袭人，宝钗之影子也。写袭人，所以写宝钗也。""晴雯，黛玉之影子也。写晴雯，所以写黛玉也。"张新之《红楼梦读法》："是书钗黛为比肩，袭人晴雯乃二人影子也。"

时候，她也爆发了一次激烈的反抗。她对平儿说："别说大老爷要我做小老婆，就是太太这会子死了，他三媒六聘地娶我作大老婆，我也不能去。"平儿说："可惜你是这里的家生女儿。"她说："家生女儿怎么样？牛不吃水强按头？我不愿意，难道杀我的老子娘不成？"为了表示她的坚决，她许下了一辈子不嫁人的誓愿，并且用剪刀铰她的头发。仅仅因为她是贾母依靠的丫头，贾母也不同意，她才没有立即陷入悲惨的境地。

《红楼梦》中所写的这一类"身为下贱"的女孩子们的反抗都是非常动人的。这像是一片阳光出现在这个大家庭的阴郁的天空上。这些奴隶身份的少女，等待她们的是各种各样的不幸。不是像晴雯、金钏儿那样无辜地惨死，就是像司棋那样触犯网罗而遭到严惩。不是像平儿、香菱那样陷入做小老婆的"火坑"，就是像鸳鸯这样只有一辈子不嫁人。再不然，就是随便配人和当姑子了。在这些人身上，婚姻的不自由和身体的不自由是结合在一起的。

名居《金陵十二钗副册》之首的香菱，按照那个册子上的题词也即是作者的计划，她的结局也是惨死，遭夏金桂虐待而死。香菱这个身世十分可怜的女子，被薛蟠那样一个龌龊不堪的人连抢带买地霸占为妾，已经够不幸了。而薛蟠后来所娶的妻子夏金桂又是一个泼妇。作者描写这个泼妇不是没有用意的。然而高鹗的续书在这些地方却完全违背原意，不惜用虚伪的粉饰现实的大团圆的结局或者善有善报恶有恶报的结局，来代替曹雪芹原来的悲剧气氛十分浓厚的结构，不但凤姐死后平儿扶正，而且夏金桂自己把自己毒死，香菱也终于做起大奶奶来了。

尤二姐、尤三姐也应当是《金陵十二钗副册》里面的人物。尤二姐是一个软弱的善良的女子。按照封建道德看来，她曾有淫行，但实际却不过是没有能够对那些荒淫的贵族子弟的诱惑和强暴进行反抗而已。她先和贾珍有暧昧关系，后又嫁给贾琏做妾，最后被毒辣的凤姐害死了。结局是和香菱相同的。尤三姐却是一个泼辣的、敢作敢为的、大观园姊妹以外的另一种类型的女子。她也曾和贾珍同流合污，然而她内心里却埋藏着反抗的火种。她被侮辱到不能忍受的时候就可以突然给贾珍、贾琏以报复。她也是一个要自己选择配偶的叛逆的女性。她对尤二姐说："终身大事，一生至一死，非同儿戏，我如今改过守分，只要我拣一个素日可心如意的人，方跟他去。若凭你们拣择，虽是富比石崇，才过子建，貌比潘安的，我心里进不去，也白过了一世。"她就是这样明确地提出了婚姻自主的要求。她的意中人是柳湘莲。她对这个男子其实也没有什么了解，和旧的爱情故事一样，只是一见就倾心了。她的结局也是悲惨的。和高鹗的续书印在一起的本子，在尤三姐的故事上有些不同。这种后出的本子把尤三姐写成完全是清白的，并不曾和贾珍胡混在一起，这样好像尤三姐的性格前后更一致一些。但这样一来，她的悲剧的结局就是由于误会了，贾宝玉也就不应在柳湘莲面前默认她品行不好了。先写她失足而后来又写她性情刚烈，这仍然是可以理解的。受了践踏而又不甘于被践踏的人积愤已久，就会这样。

《红楼梦》不仅写出了这些社会地位很卑微或者比较卑微，便于封建统治阶级把她们当作奴隶、当作玩物、或者当作蚂蚁一样随便可以夺去生命的女子的种种不幸，而且就是那些《金陵十二钗正册》里面的人物，那些贵族的女儿，也很多都被写为"有命无运之物"。不仅林黛玉，贾府的四姊妹都是薄命的。贾元春做了封建最高统治者的妃子，在那些喜欢千篇一律地把男主人公的结局写为状元及第、奉旨完婚的作者的手中，这一定会写成荣耀而又幸福。但曹雪芹却是怎样写的呢？贾元春回家省亲的时候，大观园装饰得"金银焕彩，珠宝争辉"，静悄得无人咳嗽，十来对红衣太监骑马缓缓地走来，垂手站立，然后闻得隐隐细乐之声，然后是一对对的仪仗队和捧着各种用具的太监过完，然后是这位年轻的妃子驾到。这也真是写得繁华而又庄严。然而写到贾元春见到她的母亲王夫人和祖母贾母的时候，却是——

> 贾妃满眼垂泪，方彼此上前厮见，一手挽贾母，一手挽王夫人，三个人满心里皆有许多话，只是俱说不出来，只管呜咽对泣。邢夫人、李纨、王熙凤、迎探惜三姊妹等俱在旁围绕，垂泪无言。半日，贾妃方忍悲强笑，安慰贾母王夫人道："当时既送我到那不得见人的去处，好容易今日回家，娘儿们一会，不说说笑笑，反倒哭起来；一会子我去了，又不知多早晚才来。"说到这句，不禁又哽咽起来。

见到她的父亲贾政的时候也是这样：

> 又有贾政至帘外问安，贾妃垂帘行参等事。又隔帘含泪谓其父曰："田舍之家，虽齑盐布帛，终能聚天伦之乐。今虽富贵已极，骨肉各方，然终无意趣。"

这是写得何等深刻呵，在富贵繁华的气氛的核心里却是沉痛已极的悲伤！这是现实主义所能达到的惊人的成就。贾元春的薄命还不要等到她的早夭，她被送到那"不得见人"的皇宫里，就已经是为人间少有的不幸所选择了。贾迎春是一个懦弱无能的人，她的奶妈的儿媳妇在她房中大闹的时候，她却在那里看《太上感应篇》。这样的人竟嫁给了一个狼一样的男子。回想起做女孩子时候的生活她不能不觉得那比天堂还要美好。按照作者的计划，她出嫁一年后就将被虐待而死。年龄最小而性情很孤僻的惜春，她的结局是"可怜绣户侯门女，独卧青灯古佛旁"。只有混名叫作"玫瑰花"的探春，在前八十回中她被写为得到家庭的宠爱，还管过家，好像并没有遭遇到什么真正的不幸。探春是一个精明的有才干的女子。她的这种性格是写得很突出的，特别是在描写她代替凤姐管家的那一段。她的头脑里的封建思想比较浓厚。她自己是庶出，但却很强调"主子""奴才"之分。因为她的亲舅舅是贾府的仆人，她就不承认他是舅舅。不过她和薛宝钗还是很有区别的。她敢于说朱熹的文章也不过是"虚比浮词"，薛宝钗却俨然以卫道者自居，立刻就加以驳斥，说她"才办了两天事就利欲熏心，把朱子都看虚浮了"。而且她对封建大家庭的矛盾和苦恼多次表示不满，不像薛宝钗那样"随分从时"。像这样一个聪明的有过人的才干的女孩子，如果生长在合理的社会里，她的才能得到充分发展，是可以做出许多有益于社会的事情的。然而，"才自精明志自高，生于末世运偏消"。她也只能等待出嫁罢了。这大概就是她的根本的不幸。作者计划中的她的将来的出嫁是远嫁。不过和史湘云的薄命相似，这个结局在前八十回中不曾写出。

史湘云也是很早就父母双亡，在家庭里并不幸福，然而她却和林黛玉的性格相反："幸生来英豪阔大宽宏量，从未将儿女私情略萦心上，好一似霁月光风耀玉堂。"她是一个快活的豪放的女子。作者把他所欣赏的某些所谓名士风流写在她身上，然而却又仍然是一个天真的少女，这就另有一种妩媚。她总是说薛宝钗好，也曾劝过贾宝玉留意"仕途经济的学问"。然而这都不过表示她的天真和幼稚罢了。她的性格和行为却是和薛宝钗极力推崇的封建主义给妇女们规定的格言，"女子无才便是德"，完全不合的。在作者的计划中，她的结局也是出嫁后的早夭①。

《红楼梦》写了许许多多性格鲜明、使人不能忘记的女子。尽管她们有的是姊妹，有的境遇相似，然而她们的个性的差异却那么大，一点也不会被混淆。在这个主要由少女们构成的世界里，当然不仅有悲伤和痛苦，同时也洋溢着青春的欢

---

① 第三十七回史湘云咏白海棠诗第一首"自是霜娥偏爱冷"句下有评语云："又不脱自己将来形景。"似指她将来早寡。高鹗的续书也是把她的结局写为丈夫早死，立志守寡。但据《金陵十二钗正册》和《红楼梦》十二支曲词句："湘江水逝楚云飞"和"终久是云散高唐，水涸湘江"，又似应解释为她自己早夭。

笑，生命的活跃。而且正是这些篇章使得这个悲剧不至于使人感到透不过气来。然而这些女子的结局却都是不幸的。这是封建社会的妇女的命运的真实反映。

把许多女子都写得聪明，有才能，行止见识都远远地高出了贾赦、贾政、贾珍、贾琏这样一些男子之上，这像是给贾宝玉的想法作了证明："山川日月之精秀只钟于女儿，须眉男子不过是些渣滓浊沫。"这是一种大胆的发现，大胆的思想。这直接反对了封建社会的男尊女卑的传统看法，而且揭露了封建社会的男女不平等是埋没了多少聪明的有才能的人，并且给她们造成了各种各样的不幸。这就不能不激起了人们的深深的同情，不能不设想到合理的社会不应该是这样。封建婚姻制度是妇女们的不幸的一个具体的原因。《红楼梦》不仅在林黛玉身上，而且在其他许多女子身上都写出了这个问题。封建社会的纳妾制度和奴婢制度是妇女们的不幸的又一些具体的原因。《红楼梦》也十分动人地写出了这些野蛮的制度是怎样摧残和虐杀了许多年轻的妇女。

揭露了封建社会的男女不平等，特别是揭露了那些直接压迫妇女的制度的罪恶，这是《红楼梦》全书的重要内容之一。这是一种深厚的人道主义精神的表现。

六、薛宝钗的悲剧

列入《金陵十二钗正册》的女子还有薛宝钗、王熙凤、秦可卿、李纨、妙玉、巧姐等人。秦可卿的故事结束得最早。按照那册子上的图画和《红楼梦》十二支曲,她是死于悬梁自缢。由于《红楼梦》稿本的读者,作者的亲属或友人,劝他删去这一段大胆地暴露封建家庭的丑恶的描写,我们就读不到"秦可卿淫丧天香楼"的文字了。和尤二姐姊妹一样,秦可卿也是一个封建统治阶级的男性的荒淫行为的牺牲者。李纨在书中出现的时候已经是一个寡妇。作者计划写她在儿子长大并做官以后就死去了,只留下一个"虚名儿"给后人钦敬或者给他人作笑谈。这也可以说是打算写封建社会的所谓节妇的不幸。但这个年轻妇女的长长的守节生活中的痛苦并没有得到大胆的充分的描写。妙玉是一个带发修行的尼姑,也是生于读书仕宦之家,书中把她写得十分矫情。她竟至称林黛玉为"大俗人"。这个有洁癖的女子不仅"青灯古殿"断送了她的青春,而且"到头来依旧是风尘肮脏违心愿"。巧姐在前八十回中还是一个孩子,要到贾家衰败之后才遭到艰难困苦。但这些结局我们都读不到曹雪芹的描写了。

薛宝钗和王熙凤是书中的两个重要人物。作者给她们准备的结局也是不好的,所以她们的名字列在太虚幻境薄命司的册子上。薛宝钗的结局是结婚以后,贾宝玉仍然不爱她。高鹗的续书在这个情节上是写得大致不差的。王熙凤的结局是"身微运蹇","家亡人散",而且"哭向金陵事更哀"①。高鹗所写的和原来的计划不大相合。这两个人物的结局虽然也不好,但她们的性格和活动却显然含有另外的意义,主要的已经不是表现妇女的不幸了。

对薛宝钗这个人物,读过《红楼梦》的人都是不会忘记的。但在生活里面,她的名字却不像贾宝玉和林黛玉那样流行,成为共名②。这或许是这个性格的特点不像贾宝玉和林黛玉那样突出。因此,对她的看法是曾经有争论,而且现在也仍

---

① 引文第一句见第二十一回脂评,第二句见《红楼梦》十二支曲,第三句见《金陵十二钗正册》题词。"哭向金陵"究为何事,已无法确定。有解释为凤姐后来为贾琏所休弃者。

② 人们有时叫某些大姐型的女子为薛宝钗,但好像并不普遍。

然可能有争论的。

清代的笔记里面有这样一个故事：

> 许伯谦茂才（绍源）论《红楼梦》，尊薛而抑林，谓黛玉尖酸，宝钗端重，直被作者瞒过。夫黛玉尖酸，固也，而天真烂漫，相见以天。宝玉岂有第二人知己哉？况黛玉以宝钗之奸，郁未得志，口头吐露，事或有之。盖人当历境未亨，往往形之歌咏。"《诗》三百篇，大抵圣贤发愤之所为作也。"圣贤且如此，况儿女乎？宝钗以争一宝玉，致矫揉其性：林以刚，我以柔；林以显，我以暗，所谓大奸不奸，大盗不盗也。书中讥宝钗处，如丸曰冷香，言非热心人也。水亭扑蝶，欲下之结怨于林也。借衣金钏，欲上之疑忌于林也。此皆其大作用处。况杨国忠三字明明从自己口中说出，此皆作者弄狡狯处，不可为其所欺。况宝钗在人前，必故意装乔；若幽寂无人，如观金锁一段，则真情毕露矣。己卯春，余与伯谦论此书，一言不合，遂相龃龉，几挥老拳，而毓仙排解之。于是两人誓不共谈"红楼"。秋试同舟，伯谦谓余曰："君何为泥而不化耶？"余曰："子

亦何为窒而不通耶?"一笑而罢。嗣后放谈,终不及此。①
这个故事不但说明了对薛宝钗的看法可以这样不同,争论到几乎要打起架来,而且还提出了一个对薛宝钗的性格的解释,说她"奸"。这种说法是相当流行的。涂瀛的《〈红楼梦〉问答》中有这样的话:

> 或问:"宝钗似在所无讥矣,子时有微词,何也?"曰:"宝钗,深心人也。人贵坦适而已,而故深之,此《春秋》所不许也。"
>
> 或问:"宝钗深心,于何见之?"曰:"在交欢袭人。"
>
> 或问:"袭人不可交乎?"曰:"君子与君子为朋,小人与小人为朋,方以类聚,物以群分。吾不识宝钗何人也,吾不识宝钗何心也。"
>
> 或问:"宝钗与袭人交,岂有意耶?"曰:"古来奸人干进,未有不纳交左右者,以此卜之,宝钗之为宝钗,未可知也。"

姚燮的《〈红楼梦〉总评》也这样说:

---

① 邹弢《三借庐赘谭》卷十一。

薛姨妈寄人篱下，阴行其诈。笑脸沉机，书中第一。尤奸处在搬入潇湘馆。

宝钗奸险性生，不让乃母。

凤之辣，人所易见；钗之谲，人所不觉。一露一藏也。

这都是说薛宝钗的特点是奸险①。从这可以看出，过去的有些读者之反对薛宝钗，是和我们不大相同的。我们是讨厌她那样坚决地维护封建正统思想，也即是坚决地维护封建统治阶级的利益，而这些读者却是因为把她看成一个"女曹操"。根据这种看法，《〈红楼梦〉总评》曾两次从林黛玉的口中说过薛宝钗并非"心里藏奸"，都不过是"作者弄狡狯处"而已。但是，曹雪芹如果要把薛宝钗写成个"女曹操"，为什么不明写她的奸险，却让我们来猜谜呢？

是有那样一些读者，他们把小说当作谜语来猜。他们认为书上明白写的都没有研究的价值，必须刁钻古怪地去幻想出一些书上没有写的东西出来，而且认为意义正在那里。就是上

---

① 应该说明，涂瀛对薛宝钗的看法是有些自相矛盾的。他一方面说她不好，一方面在《〈红楼梦〉问答》中又说："或问：'子之处宝钗也将如何？'曰：'妻之。'"

六、薛宝钗的悲剧 / 053

面那个涂瀛，他在《〈红楼梦〉问答》中说黛玉是凤姐害死的，因为黛玉到贾府时带有数百万家资，害死了她贾府才好吞没这笔财产①。还有一个自号太平闲人的张新之，他在《〈红楼梦〉读法》中说"《石头记》乃演性理之书，祖《大学》而宗《中庸》"②。关于《红楼梦》的无稽之谈那是例不胜举的。什么时候我们的许多文学名著才能免于这一类的奇异的灾难呵！

从书上的明白的形象的描写，其实我们是可以看清楚薛宝钗的思想和行为的。她不止一次地劝导贾宝玉，要他顺从地走封建统治阶级给他规定的道路，以至引起贾宝玉很大的反感，说她也"入了国贼禄鬼之流"。她又用"女子无才便是德"那一类封建思想来教导史湘云和林黛玉。有一次她对史湘云谈了她关于作诗的意见以后，紧接着说："究竟这也算不得什么，还是纺绩针黹是你我的本等。一时闲了，到是于你我深有益

---

① 见《〈红楼梦〉问答》。他的"证据"是："当贾琏发急时，自恨何处再发二三百万银子财，一再字知之。夫再者二之名也。不有一也，而何以再耶？"

② 见妙复轩评本《红楼梦》。他的"证据"是"宝玉说'明明德'之外无书。又曰，不过《大学》《中庸》"。光绪七年刻本孙桐生跋云太平闲人为同卜年。一粟编《〈红楼梦〉书录》据抄本五桂山人序，知太平闲人为张新之号。

的书看几章是正经。"她所说的书大概就是《女诫》《女论语》之类。又一次,因为黛玉在行酒令的时候说了《西厢记》和《牡丹亭》中的句子,她更长篇大论地教训了黛玉一顿。她说,"咱们女孩儿不认得字倒好。男人们读书不明理,尚且不如不读书的好,何况你我?就连作诗写字等事,原不是你我分内之事,究竟也不是男人分内之事……你我只该做些针黹纺绩的事才是。偏又认得了字。既认得了字,不过拣那正经的看看也罢了。最怕见了这些个杂书,移了性情,就不可救了。"这一席话把黛玉说得低头吃茶,心中暗服。这一段文字写出了黛玉并不像现在有些人所说的那样"具有浓厚解放思想"。她对封建正统思想的排斥没有宝玉那样严格。由于这种原因以及其他原因,她对薛宝钗这段话不但不反感,而且当作关怀和温暖来接受。同时我们从这段文字也可以看到作者是有意识地写出薛宝钗的这种思想倾向。后来还有一次,薛宝钗对着林黛玉和贾宝玉更直接地说出"女子无才便是德,总以贞静为主",就是女工也"还是第二件"了。这种思想当然并不是薛宝钗的新发明,而是她所说的那些"深有益"的"正经"的书所反复提倡的,也即是封建主义一直要求妇女们遵守的奴隶道德。作者的同情和赞扬显然是在这种思想倾向的反对者方面。

《红楼梦》还明白地写出了薛宝钗喜欢讨好人和奉承人。

她一到贾府以后,就"大得下人之心"。甚至那个一直心怀不满,从来不大称赞别人的赵姨娘也说她好。贾母喜欢她"稳重和平",要给她做十五岁的生日。贾母问她爱听什么戏,爱吃什么东西。她深知年老人喜欢热闹的戏,甜烂的食物,就按照贾母平时的爱好回答。她还这样当面奉承过贾母。她说:"我来了这么几年,留神看起来,凤丫头凭她怎么巧,巧不过老太太去。"结果是贾母也大夸奖她:"提起姊妹","从我们家四个女孩儿算起,全不如宝丫头。"金钏儿投井自杀后,王夫人心里不安。薛宝钗对她说:金钏儿不会是自杀;如果真是自杀,就不过是个糊涂人,死了也不为可惜,多赏几两银子就可以了。王夫人说,不好把准备给林黛玉做生日的衣服拿来给死者妆裹,怕她忌讳。薛宝钗就自动地把自己新做的衣服拿出来交给王夫人。这一段文字不但是写她讨好王夫人,而且还显出这个封建主义的信奉者是怎样残酷无情了。决不是偶然的,林黛玉是贾母的外孙女,比薛宝钗的关系更亲近,然而书中从来没有写过她讨好贾母或者其他什么人。我们知道,曹雪芹本人正是很有骨气的,孤高自赏的。他喜欢和赞扬的也是这种人。他的这些描写显然就是对于林黛玉的肯定和对于薛宝钗的贬抑。

在薛宝钗和贾宝玉的关系上,书中的描写也是明确的。贾宝玉不仅"天分高明，性情颖慧"，而且"神彩飘逸，秀色夺人"。他又是薛宝钗的生活圈子里唯一可以接近的年龄差不多的异性。她无论怎样到底是一个少女。她对贾宝玉也有爱悦之意，那完全是自然的。但按照她所信奉的封建道德，她不但不能自己选择男子，而且也决不容许像林黛玉那样曲折地痛苦地表现自己的感情。所以一方面她并非对宝玉完全无意，她卑屈地答应替袭人给宝玉做针线活，这恐怕不仅是讨好袭人，而且也是出于对宝玉的爱悦；另一方面却又正因为金玉姻缘之说，她"总远着宝玉"，有一次贾元春赐她的东西独与宝玉一样，她"心里越发没意思起来"。封建社会的循规蹈矩的少女正是这样的。书中写她"稳重"，也即是拥薛派所说的"端重"，写她"罕言寡语，人谓藏愚，安分随时，自云守拙"，这种或者可以说是她的性格上比较突出的特点也正是符合封建主义所提倡的淑女的标准的。然而作者并不欣赏她的这种"端重"。在宝玉过生日的怡红院夜宴上，她掣得的酒令牙签上画着牡丹，并且有这样一句诗："任是无情也动人。"①牡丹过去是被称为"富贵花"或者"花王"的，但实际却不过是俗

---

① 罗隐《牡丹花》诗："若教解语应倾国，任是无情亦动人。""亦"一作"也"。原句重点在"也动人"；但用在薛宝钗身上，我们不妨重视"无情"二字。

六、薛宝钗的悲剧

艳。按照封建主义的标准,薛宝钗是群芳之冠,但作者却指出她"无情"。"无情",因为她是一个封建道德的信奉者和实行者,"也动人",却不过是她的美貌。作者赞扬和歌颂的显然是贾宝玉和林黛玉那样的如痴如醉的大胆的爱情,而不是这种熄灭了青春的火焰的"无情"。

曹雪芹所描写的薛宝钗主要就是这样。我们今天反对和讨厌她也主要是由于这些描写。丸曰冷香,可能作者有暗示她非热心人的意思。但这不过和点明她"无情"相同。无情和非热心人并不等于奸险。水亭扑蝶,自然可以看出她有心机。但这种心机是用在想使小红坠儿以为她没有听见那些私情话,似乎还并不能确定她是有意嫁祸黛玉。借衣金钏,那是讨好王夫人。书上说王夫人原来就怕黛玉忌讳。薛宝钗这样做,其结果自然是在王夫人的眼中和心中,她比林黛玉"行为豁达"。但我们也很难说她这是蓄意使王夫人疑忌林黛玉。我们前面引的那段清人笔记,还说薛宝钗曾经说到过杨国忠,好像就是作者暗示她和杨国忠一样奸;又说她让贾宝玉看她的金锁,好像就是写她很不正经,和平时为人两样。那更是一些十分明显的穿凿附会。

按照书中的描写,薛宝钗主要是一个忠实地信奉封建正统思想,特别是信奉封建正统思想给妇女们所规定的那些奴隶道德，并且以她的言行来符合它们的要求和标准的人，因而她好像是自然地做到了"四德"俱备。如果我们在她身上看出了虚伪，那也主要是由于封建主义本身的虚伪。她得到了贾府上下的欢心，并最后被选择为贾宝玉的妻子，也主要是她这种性格和环境相适应的自然的结果，而不应简单地看作是由于她或者薛姨妈的阴谋诡计的胜利。那种认为薛宝钗的一切活动都是有意识地有计划地争夺贾宝玉的看法，是既不符合书中的描写，又缩小了这个人物的思想意义的。作者在第五回就写过，薛宝钗入贾府后，因为"行为豁达，随分从时，不比黛玉孤高自许，目无下尘，故比黛玉大得下人之心，便是那些小丫头们亦多喜与宝钗去玩；因此黛玉心中便有些悒郁不忿之意，宝钗却浑然不觉"。这也可以说明她的性格的特点并非奸险，而是按照封建正统思想所提倡的那样做，就自然和环境相适应而自己还不怎样察觉。至于把薛姨妈曾一次搬入潇湘馆也看作是去监视林黛玉，并从而帮助薛宝钗争夺贾宝玉，那就更是一种可笑的奇谈了。当然，我们说薛宝钗有机心，说从她身上可以看出封建主义的虚伪，这就也是说，她并不是一个率真的胸无城府的少女，她并不是没有心眼和打算，她的言行也不可能完全没有矫揉造作和虚伪之处。但这和奸险还是在程度上很有差别的。

六、薛宝钗的悲剧

花袭人也曾被人看作"蛇蝎",看作"奸之近人情者",并且被认为曾以谗言"死黛玉,死晴雯,逐芳官、蕙香,间秋纹、麝月",幸而她没有早死,后来嫁了蒋玉菡,才知道她的"真伪"①。这种看法也是不恰当的。黛玉死于花袭人的谗言,这是高鹗的续书也不曾写过的②。晴雯、芳官、蕙香的被逐,花袭人有嫌疑,而且宝玉就怀疑过她。但这件事情的发生并不是由于她的谗言,作者在书中曾明白地交代过。第七十四回写王善保家的对王夫人讲了一通晴雯的坏话,王夫人回忆起她对晴雯的不好印象,特别叫来对证一次,这样才决定撵晴雯。

第七十七回写王夫人到怡红院来查人的时候,又这样明白地写道:"原来王夫人自那日着恼之后,王善保家的就趁势告倒了晴雯。本处有人和园中不睦的,也就随机趁便下了些话。王夫人皆记在心中,故今日特来亲自查人。"③这就是芳官、

---

① 见涂瀛《〈红楼梦〉问答》和《〈红楼梦〉论赞》。

② 第九十六回只写花袭人告诉王夫人,宝玉曾误把她当作黛玉,诉说心事。这是为了要写用薛宝钗假装黛玉的缘故,并非谗言。

③ 有正本把这句话改为"原来王夫人自那日着恼之后,王善保家的趁势治倒了晴雯。她合园中不睦之人,她也就随机趁便下了些话说在王夫人耳中……"。把这些谗言都归在王善保家的一人身上,不如原来的写法近情理。通行的一百二十回本更删去了这段话。

蕙香和宝玉的嬉戏也为王夫人所知的由来。这也就是第五十八回到第六十一回所写的芳官这些小丫头和园中老婆子们的纠纷的一种结果。王夫人那里的人知道怡红院里的事，自然是园中的老婆子们告诉的。王夫人训斥芳官的时候，就说到了她和她干娘的那次吵架。花袭人这个人物的使人讨厌和反感，和薛宝钗一样，也不是由于她特别奸险，而主要是由于她的头脑里充满封建思想。她也曾不止一次地规劝贾宝玉，要他顺从地走封建统治阶级给他规定的道路。可能由于她和宝玉的关系很亲昵，规劝的方式又特别委婉，宝玉倒并没有给她难堪，只是嘴里答应而实际上并没有接受。贾宝玉挨打以后，她对王夫人说："若论理，我们二爷也须得老爷教训两顿。若老爷再不管，将来不知做出什么事来呢。"她建议把贾宝玉搬出大观园，因为里头姑娘们也大了，应该男女有别。她说，如果不预防，万一有了什么事，宝玉的"一生的声名品行"就完了。王夫人听了她的话，"如雷轰电掣的一般"，并且非常感激她。这一段文字说明花袭人和贾政王夫人的封建主义立场完全是一致的。她这次进言除了根据平时对宝玉的看法而外，当然和她有一次被宝玉误当作黛玉，向她吐露心事很有关系。然而她这次进言并没有把这件具体的事告诉王夫人，只是从封建大道理来讲。当然，这次进言不仅她本人大得王夫人赏识，而且引起了王夫人对于宝玉的私生活的更加注意，客观上是和后来晴雯、芳官等人被逐有关系的。但这也并不能说她个人特别奸险，而是写出了笃信封建主义的人自然会形成一个壁垒，自然会一致反对贾宝玉的叛逆。晴雯被逐以后，贾宝玉说，怡红院有一株海棠花无故死了半边就是预兆。花袭人不相信草木和人有关。宝玉又说，许多有名的人的庙前或坟上的草木都有灵验。花袭人说："晴雯是个什么东西，就费这样心思，比出这些正经人来？还有一说，她纵好也灭不过我的次序去。便是这海棠，也该先让我，还轮不到她。"作者对这个庸俗不堪的封建主义的信奉者作了有趣的嘲讽，在《金陵十二钗又副册》上，就刚好把晴雯排在她的前面。

花袭人的身份、教养和个性都跟薛宝钗不同，她也不像薛宝钗那样聪明，美貌。王夫人说她"笨笨的"。贾母说她像"没嘴的葫芦"。这个人物的形象就和她的思想上的近似者区别开来了。第三回还写明她有这样一个性格上的特点："这袭人亦有些痴处，服侍贾母时心中眼中只有一个贾母；如今服侍宝玉，她心中眼中又只有一个宝玉。"这就有些像契诃夫所写的那个"可爱的人"了。高鹗的续书写她出嫁那一段，是和这种性格符合的。但这个中国封建社会里的"可爱的人"在宝玉之外还有一个她痴爱的对象，那就是——封建主义。她努力使这两个所爱者合而为一,然而她失败了。

贾政和王夫人也是笃信封建正统思想的人物。书中曾用林黛玉的父亲林如海的话说贾政"为人谦恭厚道",后来又直接说他"礼贤下士,济弱扶危"。然而他所来往的不过是贾雨村之流。他见到宝玉就训斥。宝玉说话被喝,不说话也被喝。就是在不嫌恶他的时候也要喝一声"作孽的畜生"。所以宝玉很怕他,见到他就和老鼠见到猫一样。贾政在书中是作为一个宝玉的最激烈的反对者出现的。这一方面写出了他是一个坚决的封建主义的维护者,另一方面也给我们塑造了一个封建社会的所谓严父的典型。第四十五回,赖嬷嬷对宝玉说,贾赦、贾政小时也是经常挨他们的父亲的打;至于贾珍的祖父,更是"火上浇油的性子,说声恼了,什么儿子,竟是审贼"。封建社会的父子之间的关系就是这样不合理,然而世世代代传下来,公认为必须如此。王夫人不像贾政这样严厉,但她的维护礼教也是十分积极的。在她身上,特别集中地写出了封建主义本身的虚伪。明明是封建统治阶级的男性蹂躏了无数的女子,但王夫人却认为"好好的爷们"都是丫头们勾引坏的。金钏儿不过和宝玉说了一句玩笑话,王夫人就劈脸打她的嘴巴,指着骂她为"下作的小娼妇",而且马上就把她撵出去,逼得她投井自杀。晴雯不过生得样子好一些,眉眼有些像林黛玉,王夫人就把她看作"蛇蝎"一样,很怕她接近宝玉,亲自带人把这个"四五日水米不曾沾牙"的病人从炕上拉了下来,叫人架走,而且连她多余的衣服都不准带。晴雯就是这样屈死了。但书上还说王夫人"是个宽仁慈厚的人""原是个好善的"。封建统治阶级的比较慈善的人也就是这样。书中写傻大姐拾得了绣春囊,邢夫人一看见,"吓得连忙死紧攥住";后来王夫人把它拿给凤姐瞧的时候,更是"泪如雨下,颤声说道……"这写得多么深刻呵!

在宁国府和荣国府这两个封建大家庭里面,我们已经看到了多少男女关系的混乱和荒淫,然而那都是平静无事的,等于合法的。就是像凤姐过生日那一次,贾琏的丑事闹了出来,贾母也说那不是什么要紧的事,"从小儿世人都打这么过"。但这一次拾到了一个绣春囊,却掀起了这样大的波澜。结果是几个丫头做了牺牲品。封建主义的虚伪就是这样的,它的某些拥护者在某些时候,甚至完全不觉得他们的道德的虚伪,他们的行为的虚伪,而是那样诚恳地相信着和行动着!

薛宝钗、花袭人、贾政和王夫人这些人物的性格各不相同,然而在诚恳地信奉着封建主义这一点上却是一致的。通过这些人物,《红楼梦》写出了封建主义是怎样深入人心,不仅是贾政和王夫人这种家庭的长辈,就是像薛宝钗这样的少女,花袭人这样的奴隶身份的人,她们的头脑也为它所统治。封建礼教封建道德明明是不合理的、虚伪的,然而这些人却信奉到如此真诚的程度。薛宝钗真诚地提倡歧视妇女压迫妇女的封建思想,真诚地拥护给她本人也只有带来不幸的封建婚姻制度。花袭人真诚地为压迫她的阶级的巩固而努力。曹雪芹就是这样深刻地写出来了封建社会的生活的复杂和残酷。

七、王熙凤，一条美丽的蛇

王熙凤的更流行的名字是凤姐。她是一个写得非常生动的人物。她在哪里出现，哪里的空气就活跃起来，就常常有了热闹和欢笑。她是贾母宠爱的孙媳妇。她以一个二十岁的年轻妇女就做了荣国府的家政的主持人。本书的开头曾从别的人物的谈话中这样介绍她："模样又极标致，言谈又爽利，心机又极深细，竟是个男人万不及一的"；"年纪虽小，行事却比世人都大。如今出挑的美人一样的模样儿。少说些有一万个心眼子。再要赌口齿十个会说话的男子也说她不过。"书中所写的她的语言是最有个性和特点的。她在各种场合说的话都表现出她聪明、有心眼、又很有口才，都是说得那样得体，有时说得很甜、有时说得很泼辣、有时又很诙谐。不用说出她的名字，只要把她的那些话念出来，我们就知道准是她。她在书中第一次出现是在林黛玉进贾府的时候。林黛玉正在和贾母说话，突然听见后院中有人笑声说:"我来迟了,不曾迎接远客。"黛玉有些诧异:"这些人个个皆敛声屏气,恭肃严整如此:这来者是谁,这样放诞无礼?"原来这就是贾母宠爱的凤姐:

> 这熙凤携着黛玉的手,上下细细打谅了一回,仍送至贾母身边坐下。因笑道:"天下真有这样标致的人物,我今儿才算见了。况且这通身的气派,竟不像老祖宗的外孙儿,竟是个嫡亲的孙女,怨不得老祖宗天天口头心头,一时不忘。只可怜我这妹妹这样命苦,怎么姑妈偏就去世了!"说着便用帕拭泪。贾母笑道:"我才好了,你到来招我。你妹妹远路才来,身子又弱,也才劝住了,快休提前话。"这熙凤听了,忙转悲为喜道:"正是呢,我一见了妹妹,一心都在他身上了,又是喜欢,又是伤心,竟忘记了老祖宗。该打该打!"又忙携黛玉之手问:"妹妹几岁了?可也上过学?现吃什么药?在这里不要想家。想要什么吃的,什么玩的,只管告诉我。丫头老婆们不好了,也只管告诉我。"一面又问婆子们:"林姑娘的行李可搬进来了?带了几个人来?你们赶早打扫两间下房,让他们去歇歇。"

这一段还并不能充分显出王熙凤的说话的特点。要知道她的语言的活泼，多变化，淋漓尽致，或者说贫嘴，那是还要越往下读才越清楚的。然而，就是这简短的平常的几句话，我们也可以看出她是多么面面周到，多么会逢迎贾母，而且她的悲和喜是转变得多么快！世界上是有这样的人的。难得的是作者毫不着力地几笔就把她的为人和说话的特点勾画出来了。

《红楼梦》从第十二回起，连着的几回都主要是写凤姐。"毒设相思局"是写她的狠毒。"协理宁国府"是写她的才干。"弄权铁槛寺"是写她贪财舞弊。从最初出场的印象看，凤姐不过是个聪明的会讨好人的女子。然而，和金陵十二钗中所有其他的人都不同，我们很快就看出来了她是一条美丽的蛇。贾瑞固然是一个肮脏人，但凤姐为什么要那样处心积虑地设毒计害死他呢？送秦可卿的灵柩到铁槛寺的时候，水月庵的尼姑求凤姐利用和贾府有关系的官僚势力强迫人家退婚。结果是凤姐得了三千两银子和平白地害死了一对未婚夫妻。书上写道："自此凤姐胆识愈壮，以后有了这样的事，便恣意的作为起来。"作者的谴责是很明白的。书上还写出了凤姐做这件坏事是这么自觉和大胆。她对水月庵的尼姑说："你是素日知道我的，从来不信什么是阴司地狱报应的。"这是她表示敢于向一切阻止她做坏事的力量挑战。以后凤姐这个人物就是这样在书中活动的：一方面是谈笑风生，善于逢迎，好像一个灵巧的不会咬人的小动物；另一方面却是继续暴露出她的贪婪和狠毒，好像那已经成为她的天性。她瞒着贾琏放债，收利钱。她甚至把大家的月钱也支来放债。后来贾府钱用的接不上的时候，贾琏想偷借贾母的金银器去当钱，要凤姐向鸳鸯说一声。她就要贾琏给她一二百两银子作报酬。夫妇之间就是这样钩心斗角，唯利是图。贾琏偷娶尤二姐的事情被她发觉以后，她对尤二姐是那样狡诈，对尤氏是那样放泼，最后又那样残忍地把尤二姐折磨死了。她还曾派人去设法害死尤二姐以前的未婚夫。这虽然未成事实，可以看出这个容貌美丽的妇女是怎样冷酷：她是可以随便杀死一个人而她的心灵不会颤动的。正如本书的开头曾借别的人物的口讲过她一些好话一样，到了后面，又由贾琏的仆人兴儿给她作了这样的结论："心里歹毒，口里尖快"，"嘴甜心苦，两面三刀，上头一脸笑，脚下使绊子，明是一盆火，暗是一把刀。"

要说金陵十二钗里面有奸险的人物吗？这倒真是一个。她的人生哲学真是和《三国志演义》里的曹操一样："宁教我负天下人，休教天下人负我。"这就是她的道德标准。这就是她的信仰。然而她又并不是曹操这个不朽的典型的简单的重复。女性的美貌和聪明，善于逢迎和善于辞令，把这个极端的利己主义者更加复杂化了，更加隐蔽得巧妙了，因此我们在生活中从来不会把这两个名字混淆起来,不会把应该叫作曹操的人叫作凤姐,也不会把应该叫作凤姐的人叫作曹操。这是一个笑得很甜蜜的奸诈的女性。

这个女性也是高出于贾赦、贾政、贾珍、贾琏以及薛蟠这样一些男子之上的。不过高出于他们的并不是她的天真、她的善良,而是她的阴险、她的毒辣。剥削阶级从它们的本性来说就是利己的,残酷的。然而它们却又不能不提出一些从表面上看来或者从当时看来也好像有一定的合理性的道德观念,这样来巩固它们所统治的社会。中国的封建统治阶级的存在的历史特别长久,它所提出的那些道德观念是很系统化、很根深蒂固的。这样就不能不从那个阶级中产生一些真正信奉封建道德的人。贾政、王夫人、薛宝钗大致就是这种人的代表。但必然还有更多的人,他们感到封建道德给他们所保证的利益还不够满足他们的贪得无厌的欲望,他们的行为就更加赤裸裸地表现出来了他们的阶级本性。贾赦、贾珍、贾琏、薛蟠主要是向肉欲方面发展,而凤姐却主要是向金钱和权力方面发展。这就是他们的相同而又不同的地方。《红楼梦》描写了这样一些人物,就又从这一方面有力地暴露了封建统治阶级的丑恶和黑暗。

薛宝钗和王熙凤都是作者不赞成的人物。书上那样反复地写她们的不好的思想和行为,而且有时甚至明白表示了作者的贬抑或谴责，那决不是偶然的。但作者又对这两个人物有些同情和惋惜。他把她们也看作是聪明的、有才能的、薄命的女子。这就是他把她们也列入《金陵十二钗正册》的原因。不用说在这点上是和我们今天的看法很有差异的。薛宝钗和探春一起代替凤姐管家的时候，探春的"兴利除宿弊"和薛宝钗的"小惠全大体"都得到了作者的赞赏。薛宝钗宣布完她的所谓"小惠全大体"的办法以后，书上写了这样一句："家人都欢声鼎沸。"这和《儒林外史》写一群读书人祭泰伯祠，"两边百姓"居然"欢声雷震"一样，都是表现了作者的思想的局限。曹雪芹出身于封建大家庭，又经历了破落以后的穷困，所以在书中把如何节省一点家庭开支，如何节省而又不致引起有些人不满这类事情写得那样重要。通过这些情节来描写探春和薛宝钗的性格是很自然的，但作者在这里不止是作了客观的描写，还加上了主观的赞赏。对于王熙凤的同情和惋惜，首先是明显地表现在《金陵十二钗正册》的题词上：

〔**聪明累**〕机关算尽太聪明，反算了卿卿性命。生前心已碎，死后性空灵。家富人宁，终有个家亡人散各奔腾。枉费了意悬悬半世心。好一似荡悠悠三更梦，忽喇喇似大厦倾，昏惨惨似灯将尽，呀，一场欢喜忽悲辛，叹人世终难定！

其次就是第七十一回写她虽然那样厉害，泼辣，在矛盾众多的封建大家庭中也难免有受到委屈和侮辱，以至灰心流泪的时候。在作者的计划当中，这个人物后来的遭遇和结局是相当悲惨的。我们的看法为什么和作者很有差异呢？这是因为薛宝钗的结局虽然也是封建婚姻制度的一种结果，但我们今天决不会把封建社会的愚忠愚孝式的牺牲者和因为叛逆而得到悲剧结局的人放在一起。至于王熙凤，虽然因为她到底是一个妇女，不管她怎样奸险，到了她所凭借的有利条件有了很大的变化之后，是可能也陷入悲惨的境地的，不能说作者打算这样写没有现实生活的根据，但对于这种露骨地表现了剥削阶级的本性而且手上带有血迹的人，不管她的结局怎样，我们却是不会予以同情和惋惜的。

八、《红楼梦》是一个森林,一个海洋

我们就《红楼梦》中的一些重要人物,就他们的性格和故事的意义,作了如上的说明。如果读者们想在这篇论文里找到所有他们感到兴趣的人物的名字,所有他们感到困惑的问题的解答,那就一定要失望了。《红楼梦》是一个森林,一个海洋,我们不可能把它的每一棵树木,每一重波浪都加以说明,虽然这个森林和海洋又正是由这些细小的部分构成的。

在文学理论上被归入史诗类的小说,它固然可以有契诃夫的那种顷刻即可读完的短小而深刻的作品,高尔基的那种像猛烈的风鼓动着船帆一样激动我们的短篇,也可以有屠格涅夫的那种单纯、优美得和抒情诗相似的较长的故事,但按照小说的特性说来,它是更长于表现广阔的复杂的社会生活的。正如托尔斯泰的《战争与和平》和《安娜·卡列尼娜》一样,《红楼梦》最大限度地发挥了小说这一形式的性能和长处,因而成为

我国小说艺术发展的最高峰。

长篇小说本来是容量最大的文学形式。但像《战争与和平》和《红楼梦》那样展开了异常巨大而复杂的人生的图画，而又艺术上异常成熟和完美，却是世界上极少出现的天才才能创造出的奇迹。世界上也曾有过一些奇迹似的伟大的建筑，但那都是由千千万万的人的手和头脑造成的。《战争与和平》《红楼梦》以及其他巨大的文学的建筑却是出于一个人的劳动。

托尔斯泰写《战争与和平》之前，曾在一封信里说过他的艰苦的准备：

> 我现在很郁闷，什么也没有写，只是辛苦地工作着。你不能想象，我发现在我必须播种的土地上耕得很深的这种准备工作是多么困难。考虑和再考虑我正在作准备的很巨大的作品中的所有那些未来的人物的种种遭遇，并且权衡几百万个可能的结合，以便从它们中间选择出那一百万分之一来，真是难极了。而这就是我正在做着的事情……[①]

[①] 据阿尔麦·莫德的《托尔斯泰传》第一卷第九章转引。

没有写过情节复杂和人物众多的小说的人是不可能理解这种困难的。有些关于托尔斯泰的回忆录告诉我们，《战争与和平》中的许多人物都有模特儿。任何天才的作家的想象和虚构都必须有生活的基础，他的人物和故事不可能凭空编造出来。但如果以为生活既然提供了基础，文学的创造就不是一件难事，那就完全错了。真实生活中的人物性格的形成和发展，事件的发生和变化，以及人物和人物、事件和事件之间的关系，都是由许多条件规定的，因而是很自然很合理的。以它们为材料来虚构，就常常要把它们拆散、打乱，而又凭借想象去重新创造出一些有机的整体，这就很容易因为某一条件或某一部分的考虑不周密而引起了整个的或部分的不自然不合理。人物越众多，情节越复杂，这种虚构的困难就越大。曹雪芹写《红楼梦》的过程我们知道得不具体。但他自己在这部小说里也曾说他写了十年，改了五次，并且说："字字看来皆是血，十年辛苦不寻常。"① 胡适和某些曾经为他的说法所俘虏的人，说《红楼梦》是曹雪芹的"自叙传"，好像他只是把他的经历记录下来，就成功了这样一部作品。这是完全不懂得文学的创造的艰苦的。世界上也有一些自传式的作品，把它们和《红楼梦》比

---

① 甲戌本第一回。

较，我们就会感到，像这样集中、这样典型、这样完美地描绘出来了封建社会的巨大的真实的小说，不经过很大的虚构是不可能产生的。主张自传说的人常常以脂批为佐证。

其实有许多脂批是很不利于自传说的。第二十二回写薛宝钗过生日，凤姐点戏，脂批说："凤姐点戏，脂砚执笔事，今知者寥寥矣，不悲夫？"①第二十八回写贾宝玉和冯紫英、薛蟠等人喝酒，他喝了一大海，脂批说："大海饮酒，西堂产九台灵芝日也，批书至此，宁不悲乎？"第三十八回写吃螃蟹，吟咏菊诗，贾宝玉叫把合欢花浸的酒烫一壶来，脂批说："伤哉，作者犹记矮㠦以合欢花酿酒乎？屈指二十年矣！"这些批语，如果粗心大意地去读，好像可以解释为《红楼梦》写的都是真人真事。但如果仔细地想想，就知道前一条不过说凤姐有模特儿；后两条更不过由书中某种细节联想到生活中类似的事情，而且可以看出，这仅仅是细节上的相类似，书中的故事和生活中的真事其实是并不相干的。还有些脂批更明白地说出了书中许多情节是虚构。第二十三回，贾元春命家中姊妹和贾宝玉入大观园居住，批语说："大观园原系十二钗栖止之所，然工程浩大，故借元春之名而起，再用元春之命以安诸艳，不见

---

① 原作"今知者聊聊矣，不怨夫？""聊"和"怨"都当是误字。

一丝扭捏。"①第四十八回，香菱入大观园居住，批语说：要写香菱入园，必须写薛蟠远行；要写薛蟠远行，才写他挨打和想做生意；要写他挨打，才写赖尚荣请客。脂批中这一类说明作者的匠心的地方是非常多的。不管这些说明是否完全符合作者的意图，但可以看出，批书人是把这部书当作虚构的小说，也即是作者开头就声明过的"假语村言"看待的，并没有把它当作曹雪芹的"自叙传"。

第十七回，贾宝玉和贾政等人游赏新建成的大观园，对一个打算取名为"稻香村"的地方发生了争论。贾政欣赏它有田园风味，宝玉却说它不如另一处风景好：

> 此处置一田庄，分明见得人力穿凿扭捏而成。远无邻村，近不负郭，背山山无脉，临水水无源，高无隐寺之塔，下无通市之桥，峭然孤出，似非大观；争似先处有自然之理，得自然之气，虽种竹引泉，亦不伤于穿凿？古人云天然图画四字，正畏非其地而强为地，非其山而强为山，虽百般精而终不相宜……

---

① 原作"不见一丝扭捻"。"捻"当是误字。

他还没有说完贾政就气的喝命出去。不用说,这一次争论也是贾宝玉对。在大观园那样一个城市中的园子里,忽然出现了一个玩具似的假农村,那是多么不调和!但更值得注意的是作者在这里提出了一个很重要的艺术见解:虽然文学艺术作品都是人工创造出来的,但它们应该像生活和自然界一样天然。

《红楼梦》正是这种艺术见解的卓越的实践。它也是一个人工建成的大观园;但在它的周围却或远或近地、或隐或现地可以看见村庄和城郭、群山和河流,并非一个孤立的存在;而在它的内部,既是那样规模宏伟、结构复杂,却又楼台池沼以至草木花卉,都像是天造地设一样。

伟大的文学家和艺术家决不是不讲求匠心,不讲求技巧。不讲求匠心和技巧,文学艺术就不可能比生活和自然更集中、更典型、更完美。他们正是讲求到这样的程度,他们在作品中把生活现象作了大规模的改造,就像把群山粉碎而又重新塑造出来,而且塑造得比原来更雄浑、更和谐,却又几乎看不出人工的痕迹。

这就是《红楼梦》在艺术上的一个总的特色,也就是它的最突出的艺术成就。伟大的作品正是这样的:它像生活和自然本身那样丰富、复杂,而且浑然天成。

一个线索和三两个重要人物的故事是容易安排的。要反映广阔的复杂的生活,线索和人物就不能不众多,就不能不寻求与之相适应的结构和写法。《战争与和平》和《安娜·卡列尼娜》是这样:像可以旋转的舞台似的,这一个线索和这一些人物出场的时候,其他的线索和人物都退居幕后。复杂的人生和戏剧就是这样轮流地在我们面前演出。这本来是向来的小说都用的手法,所谓一张口难说两家话。但场景的变换和交替那样繁多,而又剪裁衔接得那样自然,那样恰到好处,却是托尔斯泰的发展和创造。线索和人物复杂了,场景的变换繁多了,还有一个更大的困难,就是它们不容易被记住。情节和人物要不被人忘记,当然最根本的是它们本身要写得精彩和有性格;但在结构和写法上托尔斯泰也是很有匠心的。凡是一个重要的事件或人物,不出现则已,一出现就必给以相当充分的描写,一直到在读者的心中留下了不可磨灭的印象,然后移笔去写别的。《红楼梦》主要是写一个家庭,不像平行地写几个家庭那样便于分出几个清楚的线索,但在这个范围内它又不是仅仅写一个主要故事和三两个主要人物,而是把许多事情许多人物都加以细致的描写。这样它的结构和写法就又不同,而且从某种意义上说,是更为错综的。

我们不打算在这里详细分析《红楼梦》的结构。那样会写得冗长而且繁琐。极其简单地说来,八十回或许可以分四个部分。开头十八回主要是介绍荣国府、宁国府和大观园这些环境,贾宝玉、林黛玉、薛宝钗、王熙凤、秦可卿这些人物。第十九回至第四十一回主要是写宝玉和黛玉之间的爱情的试探,宝玉和封建正统思想的矛盾,以及薛宝钗、史湘云、花袭人、妙玉和刘姥姥。第四十二回至七十回,因为宝玉和黛玉之间的爱情已经互相了解,黛玉和宝钗之间的猜忌也已经消除,小说就从已经写过的生活和人物扩展开来,主要去写一些从前还不曾着重写过的、或者新到贾府来的、或者大观园以外的女孩子,鸳鸯、香菱、薛宝琴、晴雯、探春、邢岫烟、尤二姐以及一些小丫头了。最后十回开始转入贾府的衰败的描写。主要是写了这个家庭的入不敷出,大观园的搜查和晴雯之死。这四个部分各有重点,而又和全书的主要线索主要人物联系在一起;而且每个部分又不只是写了它的中心内容,而是还写了许多情节许多人物。所有这些线索、情节和人物就是这样复杂地交错着。这样,全书的情节和人物虽然是有计划有步骤地展开的,我们却不大感到有一个作者在那里有意安排,而只是看到生活的河流是那样波澜壮阔,汹涌前进了。

描写广阔的复杂的生活,不能不寻求与之相适应的作品的结构。但还有一个更为根本的条件,却是写规模巨大的作品和短小的故事都必须具备的,那就是要把生活写得逼真和生动,那就是作品里要充满了生活的兴味。规模巨大的作品在这个问题上的困难也许在这里：它不能不写到很多日常的生活、平凡的生活，也不能不写一些大事件、大场面；前者要写得很吸引人固然需要杰出的才能，而敢于正面地去描写后者，并且写得很出色，那就更需要大手笔了。《红楼梦》在这两方面的成就都是惊人的。我们且不说那许许多多脍炙人口的细腻而又生动的场面。像刘姥姥第一次进荣国府见凤姐，那不是很平常的生活吗？但你看它写得多么活现：

> 那凤姐儿……端端正正坐在那里，手内拿着小铜火筋儿，拨手炉内的灰。平儿站在炕沿边，捧着小小的一个填漆茶盘，盘内一个小盖锺。凤姐也不接茶，也不抬头，只管拨手炉内的灰，慢慢地问道："怎么还不请进来？"一面说，一面抬身要茶时，只见周瑞家的已带了两个人在地下站着了。这才忙欲起身犹未起身时，满面春风的问好，又嗔着周瑞家的怎么不早说。
>
> 刘姥姥在地下已是拜了数拜，问姑奶奶安。凤姐忙说："周姐姐，快搀起来。别拜吧，请坐。我年轻，不大认得，可也不知是什么辈数，不敢称呼。"

周瑞家的忙回道："这就是我才回的那姥姥了。"凤姐点头。

　　刘姥姥已在炕沿上坐了,板儿便躲在背后。百般地哄他出来揖,他死也不肯。

　　凤姐儿笑道："亲戚们不大走动,都疏远了。知道的呢,说你们弃厌我们,不肯常来。不知道的那起小人,还只当我们眼里没人似的。"

　　刘姥姥忙念佛道："我们家道艰难,走不起。来了这里,没的给姑奶奶打嘴,就是管家爷们看着也不象。"

　　凤姐儿笑道："这话说的叫人恶心。不过借赖着祖父虚名,作个穷官儿。谁家有什么,不过是个旧日的空架子。俗语说,朝廷还有三门子穷亲戚呢,何况你我?"

又像书中第一次写贾宝玉到薛宝钗家里去,后来林黛玉来了,那也不是很日常的生活吗?但是,林黛玉一出场就写得很有特点:

　　话犹未了,林黛玉已摇摇的走了进来。一见了宝玉,便笑道:"嗳哟,我来的不巧了!"宝玉等忙起身笑让坐。

　　宝钗因笑道:"这话怎么说?"

黛玉笑道:"早知道他来,我就不来了。"

宝钗道:"我更不解这意。"

黛玉笑道:"要来一群都来,要不来一个也不来。今儿他来了,明儿我再来,如此间错开来着,岂不天天有人来了,也不至于太冷落,也不至于太热闹了?姐姐如何反不解这意思?"

后来他们一起喝酒。宝玉说,酒不必暖了,他爱吃冷的——

薛姨妈忙道:"这可使不得。吃了冷酒,写字手打颤儿。"

宝钗笑道,"宝兄弟,亏你每日家杂学旁收的,难道就不知酒性最热,若热吃下去,发散得就快;若冷吃下去,便凝结在内,以五脏去煖它,岂不受害?从此还不快不要吃那冷的了!"

宝玉听这话有情理,便放下冷酒,命人煖来方饮。黛玉磕着瓜子儿,只抿着嘴笑。可巧黛玉的小丫鬟雪雁走来与黛玉送小手炉。黛玉因含笑问他:"谁叫你送来的?难为他费心。哪里就冷死了我?"

雪雁道:"紫鹃姐姐怕姑娘冷,使我送来的。"

黛玉一面接了,抱在怀中笑道:"也亏你到听他的话。

我平日和你说的,全当耳旁风。怎么他说了你就依,比圣旨还快些?"

宝玉听这话,知是黛玉借此奚落他,也无回复之词,只嘻嘻的笑两阵罢了。宝钗素知黛玉是如此惯了的,也不去睬他。

《红楼梦》是充满了这一类日常生活的描写的。这些描写能够吸引我们,不觉得厌倦,还不仅仅因为它们写得细腻、逼真,而人总是对于各种各样的生活都有兴趣的;这里还有一个秘密,就是通过这些描写,故事正在进行,人物的性格正在显现。既然这部书的故事和人物是吸引我们的,这些组成部分自然也就引起我们的兴趣了。曾经有那种不能够欣赏文学作品的人,说《红楼梦》老是细细描写吃饭一类的事情,实在讨厌。他们就是不懂得这点道理。第四十三回写贾母给凤姐做生日,脂批说:"一部书中若一个一个只管写过生日,复成何文哉?故起用宝钗,盛用阿凤,终用贾母,各有妙文,各有妙景。"批书人在这里还没有说到贾宝玉的过生日。那样众多的人物只写四个人的生日,固然这已表现作者有匠心、有剪裁。但更难得的是写得一点不重复,而且全部成为书中的十分必要的部分。薛宝钗过生日,那主要是写贾母喜欢她,她也讨好贾母,林黛玉有不平之意，后来又生贾宝玉的气，使他感到痴情的苦恼。凤姐过生日，贾母倡议"学小家子，大家凑分子"，这写法已和第一次很不同了。结果在凤姐意满酒醉之余，却碰到贾琏在和别的女人私通。通过这个事件，描写了凤姐的性格，暴露了封建家庭的丑恶。贾宝玉过生日，那是他和薛宝琴、平儿、邢岫烟四人同在一天，而且白天过了晚上又过。怡红夜宴那是繁华已极的文章，作者在这里又把全书的这些重要人物的性格或结局暗示一次，和第五回相照应。然而这已是"开到荼蘼花事了"，不久就要转入萧条的季节，我们再也读不到如此欢乐的描写了。最后贾母过生日，关于宴会的正面的描写是很简单的，主要却是写到了这个大家庭的许多矛盾，宁国府的尤氏碰了荣国府的值班的老婆子的钉子，凤姐受了她的婆婆邢夫人的气，探春感慨他们这种大家庭还不如"小人家人少""大家快乐"，宝玉说他是过一日算一日，而且最后鸳鸯碰见了一对青年男女在幽会。作者集中地描写了这个封建大家庭的矛盾、苦恼和破绽，全书的空气就从此为之一变。以后再用几回来写贾府的入不敷出，搜查大观园的风波，晴雯之死，过中秋节的强为欢笑，月夜的呜咽的笛声和林黛玉史湘云在水边的余音袅袅似的联句，就完全笼罩着一种凄凉悲楚的气氛了。我们可以看出，四个生日不但写得各有各的特点和内容，而且它们是那样和谐地成为全书的整个情节的发展的一些组成部分。

第五十八回至第六十一回,我们初读的时候,也许会觉得这些情节过于琐碎,这个小丫头和那个老婆子吵嘴,那个丫头又在厨房里大闹,诸如此类的事情有什么必要去写呢?我们再细读一遍,就知道它们的意义了。这是作者有意识地要写一些以前不曾写到的小人物,写这个大家庭中的人和人之间的种种矛盾,写连厨房这种差事也有人在钻营争夺。这些情形难道不像整个封建社会的不安定吗?而展开这些纠葛的时候,又继续描写了贾宝玉的性格,写他总是同情女孩子们,总是替她们说话,而且小丫头们和老婆子们的吵嘴和后来的情节的发展也有关系,这样就也和全书的主要线索连结起来了,并不显得多余和枝蔓。

也许《红楼梦》里面写得比较平淡的是那些结社吟诗的场面。这些描写当然也可以看作是当时的某种生活的反映,而且和那些结社吟诗的人物的生活也是很和谐的。但写得过多,就显得作者是主观上对这些事情很有兴趣,有些未能免俗了。写诗并不是一件坏事,为什么写多了就不大好呢?这是因为《红楼梦》写的那些女孩子的结社吟诗,正是和当时的一般文人一样,常常是出题限韵、即席联句,老实说那已经不是真正写诗,而是近乎一种文字游戏了。那是中国文人的诗歌衰落已久的表现。有些读者很欣赏《红楼梦》中的这些诗,比起那些才子佳人小说中的拙劣不堪而又在书中自己喝彩的所谓诗来,这些诗自然是像样多了。特别值得肯定的是这些诗写得各自符合人物的性格,因而成为书中的一个有机的部分。但如果真把它们当作诗看,那就必须说明,其中绝大部分是格调不高的。更多地表现出作者在诗歌方面的才能的是《红楼梦》十二支曲,而不是这些替书中人物拟作的诗词。这些拟作的诗词,正因为要切合不同的人物的身份、性格以至写作水平,而并不是曹雪芹自由地抒写他自己的思想感情,所以就并不能充分地表现他在诗歌方面的才能。从香菱学诗那一段还可以看出,作者对于写诗的意见似不如他对于写小说的见解精到。他好像认为写诗主要是依靠学古人和苦吟。只是那样,还是写不出很好的诗来的。唐宋以后有不少诗人都是苦学古人和硬作诗,所以写不出很好的诗来。然而历史规定要完全打破中国古典诗歌的末流的那些陋规和恶习,恢复到诗歌真是从深厚的生活的土壤和作者的感动里产生,那要经过"五四"文化革命以后才有可能。因此我们就不必惋惜曹雪芹没有写出李白和杜甫的那样的诗篇,而应该非常庆幸他把他的主要劳动放在写小说上,给我们留下了这样一部用散文写成的伟大的史诗。

  关于《红楼梦》里面的日常生活的描写,我们已经说了不少的话。然而这些说明仍然远不足以表现它在这方面的成就。真要详细地说明作者的描写的手腕和匠心，那是要像过去的有些批评家一样，每一回都给它加上一些评语才行的。日常生活的描写、细节的描写，是小说的基础。能够写得细腻、逼真，这就需要有才能。但是，并不是一切生活细节都可以进入文学艺术的世界。一个有头脑的小说家也不能为描写而描写。有时我们可以看到这样的作品，它们或者把细节的描写变成了沉闷的琐碎的刻画，或者并不能给人以美的感觉，或者仅仅成为一些没有深刻的思想内容的现象的描摹。因而并不是能够描写生活细节就是一个好的小说家。

生活中不但有日常的细节，而且还有重要的事件和波澜。它们是日常生活的发展的结果，是生活的意义和矛盾的集中的表现。如果说在现实里，这种集中的表现是稀有的现象；在文学艺术里它却是常见的不可缺少的部分。特别是规模较大的作品，如果没有重大的事件和大波澜，那就必然是沉闷的。《红楼梦》里面的大事件和大波澜都描写得非常出色，也只有托尔斯泰的长篇小说才能相比拼。像贾宝玉、贾政等游赏新建成的大观园，贾元春省亲，贾府眷属到清虚观打醮，以及多次的大宴会，没有魄力的作家是根本不敢去正面描写的。曹雪芹却在一部作品里写了这样多的大场面，而且写得那样不费力，那样明晰而又生动。在这许多大场面的描写里，也是故事在进行，人物性格在显现，洋溢着生活的兴味，而且揭露了生活的秘密。《红楼梦》里面的波澜更是很多很多的。它从来不作过长的平静的流泻。它常是在一段细腻的描写之后，或者就在细腻描写之中，突然就发生了波澜和变化。全书中的最大的波澜是贾宝玉挨打和搜查大观园。经过了多次的曲折的爱情试探，林黛玉了解了贾宝玉果然是知己，贾宝玉也向她吐露了胸臆，我们想大概总有一段平静的生活的描写了吧。然而接着就发生了金钏儿的自杀。贾政碰见贾宝玉在为这件事叹气；虽然贾政还不知道是为什么，已经引起平时对他的反感了。接着又有忠顺亲王府来索取蒋玉菡，贾环来说金钏儿自杀也是由于他。这真是写得山雨欲来风满楼的样子。贾政决心要打死贾宝玉了。在这个时候却又穿插贾宝玉想找人捎信到里面去，结果只碰到了一个耳聋的老婆子，更增加了紧急的气氛。大打的时候，先是王夫人出来哭劝，最后是贾母出来阻止。于是通过这个事件，不但集中地表现了封建正统思想的拥护者和叛逆者之间的矛盾，而且鲜明地写出了贾母、贾政、王夫人、贾环等人的性格。搜查大观园也是用的集中写矛盾的方法。作者用这个事变来结束了大观园的和平和欢乐的生活，写出了这个封建大家庭的许多矛盾，而且晴雯、探春、惜春等人的性格也是一齐活现在纸上。进搜查的"奸逸"并直接执行的王善保家的,一次再次地遭到了晴雯和探春的反抗,而且结果是自己打自己的嘴,只搜查出来了自己外孙女儿的秘密,更是波澜中的波澜,更是写得变化多端、大快人意,就是画家的笔也无法描写得这样生动酣畅了。

史诗类的文学作品都是用文字来描写生活,描写人物。由于这个共同点,中国和外国的伟大的作家就不谋而合地把小说艺术发展到如此惊人的高度。它能够容纳很广阔很复杂的生活。它能够把生活细节和大事件都描写得十分真实,十分生动,从而写出了巨大的典型环境和众多的典型人物。在这些根本的地方竟是这样一致。然而这并不是说《红楼梦》在艺术上没有强烈的民族色彩。它的结构、语言和写法都继承了中国过去的小说的特点。《红楼梦》的结构我们在前面已经说过,那是十分错综复杂的。甚至常常在一回里,也不是一个单纯的生活的片段,而是几个线索交织在一起。这自然和它的题材有关系,但同时也是继承了我国过去的章回体小说的特点。它的语言更显然可以看出和以前的白话小说的语言的血统关系。不过那样生动、丰富,并且以北京话为主,却是它的进一步的发展。其他写法上的特点当然还有。"冷子兴演说荣国府"的第二回,开头有这样一段话:

此回亦非正文，本旨只在冷子兴一人，即俗语所谓冷中出热，无中生有也。其演说荣府一篇者，盖因族大人多，若从作者笔下一一叙出，尽一二回不能得明，则成何文字。故借用冷子兴一人略出其文，好使阅者心中已有一荣府隐隐在心，然后用黛玉宝钗等两三次皴染，则耀然于心中眼中矣，此即画家三染法也……

下面还有一些说明作者匠心的话。这一段话像是批语误入正文；但也很可能是作者自己写的文字。开头几回，作者有时是自己出来说话的。这一段话值得注意，不但因为它再一次声明书中所写的贾家的故事是"无中生有"，是虚构，而且因为它说明了作者的一种手法。它说作者描写荣国府的手法是这样的：先介绍一下它的大概情形，以后林黛玉、薛宝钗和刘姥姥等人进荣国府，又再对它作一些描写，用了这样几次类似中国绘画上的皴染的手法，这个家庭给读者的印象就很鲜明了。这的确是一个作者常用的手法。不但写荣国府，写贾宝玉和林黛玉之间的爱情，写贾府的转入衰败，写贾宝玉、林黛玉、薛宝钗、王熙凤等许多重要人物的性格，都是先用这种或那种方法略为介绍一下，然后是断断续续地加以多次的皴染。这就可以作为一个《红楼梦》的写法上的特点的例子。曹雪芹不但是小说家、诗人，同时还是一个画家。他用这种所谓皴染的手法，可能是有意识地参考了中国的绘画的方法的。这种手法不能说别的小说家就没有用过，但曹雪芹特别用得多。这样，《红楼梦》就具有一种近于油画似的色彩，和《战争与和平》《安娜·卡列尼娜》那种精雕细刻的写法有些不同了。这一类结构、语言和写法的特点，孤立起来看，好像并不是很重要的。然而文学艺术常常并不是由于它们在艺术原理上的根本差异，而正是由于这些具体的从过去的传统继承和发展而来的特点结合在一起，就构成了它们的强烈的民族色彩。

九、《红楼梦》的人物塑造

塑造了众多的性格鲜明的人物,而且其中不少人物流行在生活中,成为不朽的典型;这也是《红楼梦》在艺术上的一个突出的成就。要广阔地多方面地反映生活,就不能不出现众多的人物。这种规模巨大的作品的最困难之处,也许还并不在于如何把复杂的千头万绪的生活现象很自然地组织起来,甚至也不在于如何把各种各样的生活都描写得真实、生动、细节逼真、善于写大事件,并且富有波澜和变化,而正是在于不容易把那样众多的人物写得成功。我们曾经说过,《红楼梦》里面使人读后长久不能忘记的人物至少是以数十计。为了说明它的主要内容,我们已经分析了一些人物。那已经写得够冗长了。然而还有许多性格鲜明的人物我们没有能够包括进去。溺爱孙子,很会享乐,胆小得见了马棚走水的火光就吓得口里念佛的贾母是一个封建大家庭的老祖母的典型;年老好色而又很霸道的贾赦和"禀性愚强"①的"尴尬人"邢夫人是贾政王夫人之外的又一对性格不同的夫妇；混人式的呆霸王薛蟠写得那样有色彩；从近郊的农村来到荣国府和大观园的刘姥姥写得尤为活跃；对林黛玉忠心耿耿的紫鹃，做了王熙凤的助手却仍然保持着善良的性格的平儿，想爬到高枝儿去的小红和孩子气很重的芳官，都各有特点；甚至只是寥寥几笔描绘的，因为说了几句真话嘴里便被填满马粪的焦大和拾到绣春囊的傻大姐，都一概使人不能忘记。这些人物以及其他写得有个性的人物我们都没有机会评论。在这些人物里面，刘姥姥或许是更重要的。刘姥姥"只靠几亩薄田度日"，她一起生活的女婿也以"务农为业"。她年纪比贾母大却身体健壮得多。作者把这样一个下层的人物引到官僚贵族的家庭生活中来，显然是有对比的用意的。她曾感慨地说，大观园里随便吃一顿螃蟹，所花的钱就够庄家人过活一年。我们知道，这次吃螃蟹还是薛宝钗替史湘云出的主意，是一次最省钱的宴会呢。写得更深刻动人的是凤姐叫鸳鸯捉弄刘姥姥，要她吃饭的时候说几句粗话来招得大家大

---

① 见庚辰本第四十六回。有正本把"愚强"改作"愚拙"，通行本改为"愚弱"，都改错了。"强"亦写作"强"，读如绛，是固执己见、不听人劝的意思。至今口语中仍有这个词。

笑那一段。如果以为那只是为了写她的乡气就完全错了。作者接着就交代，刘姥姥并非真可笑，她早就明白那是捉弄她，那是要她取笑，只是因为她也愿意凑趣，才事先装作不知道罢了。这样就不仅写出了这个穷亲戚的本来的忠厚和不得不如此的酸辛，而且使我们明确地感到，真正可笑的并非这个乡下老太太，而是贾府的那些饱食终日、无所用心的人了。包括后来叫刘姥姥做"母蝗虫"的林黛玉，她那样得意她的"雅谑"，其实是一点也不能使人同情的。对于刘姥姥这个人物，作者也充分地写出了她的复杂性，因而好像显得有些矛盾。一方面描写了她的乡气和见识不广，因而这个人物流行在生活中就带有几分可笑的意味，产生了"刘姥姥进大观园"这样一个谚语，并且由于她的善于凑趣，人们有时又用这个名字来称呼旧社会的统治阶级的某些年老的帮闲；但另一方面，由于作者经历了贫困的生活，对于下层人物已经有些接触，他就不但赞赏了醉金刚倪二的豪爽和义气，而且着力地描写了刘姥姥这样一个人物，写她是忠厚的、健康的，因而激起了我们的同情。

写出了人物的性格的复杂性，同时又集中地着重地描写了他们的性格上的突出的特点，这样人物的形象就鲜明了。《红楼梦》正是这样描写人物的。如我们已经作过的分析，贾宝玉、林黛玉、薛宝钗和王熙凤这样一些人物，他们的性格都是复杂的、多方面的，然而各有各的突出的特点，而且这些特点都蕴含有深刻的社会意义；他们的性格的复杂性和各个方面是通过先后的重点不同的描写来互相补充，来完满地表现出来；他们的最突出的特点却是多次地反复地显现在许多不同的事件和行动中，甚至贯穿全书；而由于事件和行动的差异、变化，我们读时又完全不感到重复，这样这些人物就自然而然地给予我们以不可磨灭的印象。许多次要人物，包括刘姥姥在内，虽然用的篇幅多少不同，也基本上是采取了这种描写方法。这和生活是一致的。我们对于生活中的人物的全部性格及其主要特点的认识，也是必须经过多次的反复才越来越明确起来。文学艺术的表现方法不过更为集中，删削了许多不必要的枝节而已。

为了使人物的性格鲜明，《红楼梦》还常采取这样的写法：关系很亲近的人总是写得个性的差异很大，使人决不至于混淆起来。迎春、探春、惜春三姊妹是这样。花袭人和晴雯，尤二姐和尤三姐也是这样。薛蟠和薛宝钗是一母所生的兄妹，然而一个是封建地主阶级的标准淑女，一个却是那样横蛮和没有文化的混人。人的性格本来有很多差异。人的性格的形成的原因也很复杂。阶级出身当然是形成人的性格的一个基本条件，然而并不是唯一的条件。因此，同一的阶级、同一的家庭环境，甚至是一母所生，而性格上仍可以有很大的差异。曹雪芹写的是小说，并不是科学记录式的各个人物的性格的形成史；因此他在我们面前展开了生活，展开了人物的性格的千差万异，但常常并不详细交代这些差异到底是怎样形成的。不仅薛蟠和薛宝钗、尤二姐和尤三姐这样一些人物，就是贾宝玉的性格为什么和贾珍、贾琏等人那样不同，也并没有把所有的条件都写出来。有些研究《红楼梦》的同志企图从小说中去找出形成贾宝玉的性格的全部原因，那是失之拘泥的。

我们曾以《红楼梦》和托尔斯泰的长篇小说相比。托尔斯泰写作于十九世纪的后半叶，他继承了俄国和欧洲的经过了长期发展的小说艺术的传统，因而在细节的描写上他是更为精致的。但在人物的塑造上，或许因为我们是本国人吧，我们觉得《红楼梦》里面写得使人永远不能忘记的人物，好像比较《战争与和平》或者《安娜·卡列尼娜》还要多一些。并不是每一部著名的作品都能创造出一个在生活中流行的典型人物的。《红楼梦》所创造的却不止一个。不仅贾宝玉和林黛玉，凤姐和刘姥姥也同样流行在生活中，成为某些真实的人的共名。

擅于在一部作品里塑造出众多的人物形象，这是我国过去的长篇小说的宝贵的传统。《三国志演义》是最早的一部成功的长篇小说，大约产生于十四世纪至十五世纪之间，它所展开的画幅就异常广阔，其中使人不能忘记的人物也至少是以数十计，而且创造了诸葛亮、曹操、张飞这样一些流传在我们生活中的典型。由于产生得早或其他原因，它里面的比较细致的描写不多，语言也不够生动。不用细致的描写，也能够创造出性格鲜明的人物、典型的人物，这里面的秘密是很值得研究的。这说明人物的性格的创造主要是依靠通过不同的事件和行动去多次地反复地表现他们的特点，细节描写的细致与否并不是决定的条件。不过小说艺术本身到底还是需要生活的描绘的。同样是雄伟的史诗式的作品《水浒》，就在细节的描写和语言的生动上有了显然的进步。《水浒》中的许多人物也是个性很分明的，虽然流行在生活中成为共名的典型人物好像只有一个李逵。《西游记》展开了另外一个世界，一个神话式的世界，但孙猴子和猪八戒也同许多著名的典型人物一样广泛地流行在我们的生活中。《红楼梦》正是在人物的创造、细节的描写以及语言的运用上都继承和发展了这些传统，从而达到了我国小说艺术成就的最高峰。

在《红楼梦》以前，以家庭为题材的著名的长篇小说有《金瓶梅》。过去有些谈论《红楼梦》的人喜欢把它和《金瓶梅》比较。我们估计曹雪芹是读到过这个作品的[①]。《金瓶梅》里面的许多人物也是写得很有个性,而在描写生活细节的细腻和运用口语的生动上,或许更可以说它超过了以前的几部长篇小说。曹雪芹很可能吸取了它的优点。然而《红楼梦》的总的成就却比它巨大得多。《金瓶梅》所描写的那些生活和人物当然也是真实的,尽管你不喜欢那些生活和人物,你不能不承认它们是真实的。然而,这是许多人共同的感觉,我们更喜欢读《红楼梦》。理由也许不止一个。但其中有一个深刻的原因,就是我们在一个规模巨大的作品里面,正如在我们的一段长长的生活经历里面一样,不能满足于只是见到黑暗和丑恶、庸俗和污秽,总是殷切地期待着有一些优美的动人的东西出现。

那些最能激动人的作品常常是不仅描写了残酷的现实,而且同时也放射着诗的光辉。这种诗的光辉或者表现在作品中的正面的人物和行为上,或者是同某些人物和行为结合在一起的

[①] 庚辰本第十三回和第六十六回批语都提到《金瓶梅》(影印线装本279页和1590页。279页眉批:"写个个皆别,全无安逸之笔,深得金瓶壹奥",原脱"瓶"字),可见此书当时并不难见。至于《西游记》,更不成问题。《红楼梦》七十八回正文就曾说宝玉听见贾政和赵姨娘在说他什么,"便如孙大圣听见了紧箍咒一般,登时四肢五内一齐都不自在起来"(影印线装本1740页)。

作者的理想的闪耀，或者来自从平凡而卑微的生活的深处发现了崇高的事物，或者就是从对于消极的否定的现象的深刻而热情的揭露中也可以透射出来……总之，这是生活中本来存在的东西。这也是文学艺术里面不可缺少的因素。这并不是虚伪地美化生活，而是有理想的作家，在心里燃烧着火一样的爱和憎的作家，必然会在生活中发现、感到、并且非把它们表现出来不可的东西。所以，我们说一个作品没有诗，几乎就是没有深刻的内容的同义语。

人对于各种各样的生活都是有兴趣的。在生活的辽阔的原野上，本来没有什么区域是文学艺术所不可到达的禁地。然而要求从平凡的生活看到美的事物，从阴郁的天空出现阳光，从人的心灵发现崇高的、温柔的和善良的东西，这也是人的自然的愿望。据说普希金的诗体小说《欧根·奥涅金》的第三章发表的时候，那封达姬雅娜的信使得所有俄罗斯的读者激赏若狂。那样谦卑和真诚的少女的爱情的告白的确是很动人的。但在所有关于达姬雅娜的描写里面，最深地感动我们的或许还并不是那封信，而是接近全诗结束的她成为贵妇人以后对奥涅金所说的这样一段话：

  对于我，奥涅金，所有这些奢侈，

> 这种令人厌恶的生活的华美,
> 我在社交界的旋风中获得的重视,
> 我的时髦的家和这些晚会,
> 它们算得什么? 我愿意马上
> 抛弃这些化装舞会的破衣裳,
> 抛弃这些豪华、喧嚣和尘烟,
> 为了一架书,一座郊野的花园,
> 为了我们那乡间的简陋的宅第,
> 为了那个地方,在那儿,奥涅金,
> 在那儿我第一次见到您,
> 为了那一片幽静的坟地,
> 在那儿十字架和树枝的阴凉
> 正覆盖着我的可怜的奶娘……

这是《欧根·奥涅金》里面的诗中之诗。这是普希金称为"我的忠实的理想"的达姬雅娜的最优美最动人的感情的流露。我们读的时候,已经感到这不仅是这个虚构的人物在说话,而且也是诗人自己在抒写他对于贵族社会的厌弃和对于朴素的单纯的生活的向往了。曾经成为俄罗斯革命青年的"生活的教科书"的车尔尼雪夫斯基的《怎么办》,那是对于今天的读者仍然具有强大的道德力量的。书中着重描写的薇拉·巴芙洛芙娜、罗普霍夫和吉尔沙诺夫，据作者自己说，他们不过是"新的一代中的平常的正派人"，而比他们更崇高的革命家拉赫美托夫，书中还只是描画了他们的侧影的淡淡的轮廓。然而就是这三个平常的正派人，而且就是他们对于私生活的处理，他们的结婚和因为性格不合而产生的婚后的分离，他们那样互相尊重独立的人格，互相为别人的幸福着想，是至今仍然闪耀着理想的光辉的。尽管我们的社会已经比那个时代前进了，我们仍然不能说今天的所有的男女都已经达到了那样高的道德水平。如果在私生活上都达到了那三个平常的新人物的水平，社会上许多很不理想的恋爱和婚姻的纠纷就不会有了。

《金瓶梅》所缺少的就是这种诗的光辉，理想的光辉。问题还并不仅仅在于它是那样津津有味地描写那些淫秽的事情。就是把那些描写全部删削，成为洁本，在它里面仍然是很难找出优美的动人的内容来。或许可以这样为它辩护：这是题材的限制。写西门庆那样一个"市井棍徒"，写他的生活范围所及的妻妾、帮闲和官僚等人物，黑暗、污秽和庸俗或许正是它应有的内容和色彩。如果不是一个规模巨大的作品，这也是可以容许的。但是它却写了一百回，从头到尾都是那样一些人物和生活。尽管它描写得那样出色，那样生动，仍然不能不使读者感到闷气。意在显示"恶德和缺失之点"的《死魂灵》只写了一本。而且还应该说，《死魂灵》的作者对他们描写的坏人坏事的态度是更明朗的，是无情的讽刺和鞭打；而《金瓶梅》，虽然客观的效果也是淋漓尽致的暴露，它的作者的主观爱憎却不够分明。李瓶儿对待她的前夫花子虚比西门庆还要恶毒，到后来她却被描写成为一个比较善良的人物。这或者还可以说仅仅是前后矛盾。奇怪的是在写出了西门庆的很多恶霸行为以后，居然又歌颂他"仗义疏财""救人贫难""济人之急"。这就更类似莫泊桑的《俊友》了。《俊友》这部充满了坏人坏事的小说也是表现出它的作者的惊人的艺术才能的。然而它却写得那样旁观和阴冷，几乎使人分不清作者到底是憎恶还是欣赏那些黑暗的事物。

《红楼梦》所写的主要也是剥削阶级的人物和生活，也是这个阶级中的一个腐烂和没落的家庭。然而它却从这个阶级的叛逆者和奴隶们身上写出了黑暗的王国的对立物。残酷、污秽和虚伪并没有完全压倒诗意和理想。所以我们能够一读再读而不觉得厌倦。我们从它感到的并不是悲观和空虚，并不是对于生活的信心的丧失，而是对于美好的事物的热爱和追求，而是希望、勇敢和青春的力量。

常常有这样的作品，它能够把生活细节描写得逼真，然而却写不出使人不能忘记的人物。又常常有这样的作品,它不但能够描写生活,而且能够把某些人物写得有个性,然而仍然不能获得读者的衷心的喜爱。根本的原因就是它里面没有诗,没有理想。换句话说,也就是没有对于人生的深刻的认识,没有热烈的爱憎,没有崇高的思想。正是因为这种艺术上的贫血病的普遍存在,《红楼梦》在放射着强烈的诗和理想的光辉这一方面的突出的成就,就更加值得我们重视。

十、《红楼梦》的批判性

《红楼梦》就是这样：它以十分罕见的巨大的艺术力量，描绘了像生活本身一样丰富、复杂和浑然天成的封建社会的生活的图画，塑造了可以陈列满一个长长的画廊的性格鲜明的人物和典型的人物；通过这些生活和人物，它深刻地暴露了封建统治阶级的丑恶和腐败，封建主义的残酷和虚伪，封建社会的男女不平等；而在这个黑暗、污秽和罪恶的世界里，它又描写了青年男女的纯洁的美丽的爱情，描写了封建社会的叛逆者们和奴隶们的反抗，描写了他们对于合理的幸福生活的追求；这些描写是这样重要，它们成为全书的突出的内容，并从而使全书闪耀着诗和理想的光辉。《红楼梦》就是这样，准确些说，它的主要内容就是这样，它的总的意义和效果就不能不是对于整个封建社会的批判和否定。

当然，这并不是说，从《红楼梦》里面就完全找不到封建思想的流露。曹雪芹生长在封建贵族的家庭里,又处于中国最后一个封建王朝的最后一段兴盛和巩固的时期。尽管他的家庭破落了,他个人从封建贵族的行列中被排挤了出来,他是那样深刻地多方面地看到了封建社会的种种黑暗、种种不合理,然而他的头脑里却不可能不同时也存在着一些封建思想,而且这些思想不可能不在他的作品里流露出来。秦可卿死的时候,王熙凤做了一个梦,她梦见秦可卿对她说:

> 今祖茔虽四时祭祀,只是无一定的钱粮。第二,家塾虽立,无一定的供给;依我想来,如今盛时,固不缺祭祀供给;但将来败落之时,此二项有何出处?莫若依我定见,趁今日富贵,将祖茔附近多置田庄房舍地亩,以备祭祀供给之费皆出自此处。将家塾亦设于此。合同族中长幼,大家定了则例,日后按房掌管这一年的地亩钱粮、祭祀供给之事。如此周流,又无争竞,亦没有典卖诸弊。便是有了罪,凡物可入官,这祭祀产业连官也不入的。便败落下来,子孙回家读书务农,也有个退步。祭祀又可以永祭。若目今以为荣华不绝,不思后日,终非长策……

这段话和秦可卿的故事没有关联。这并不是在写她的性格,而是借这个人物写出作者的一种思想。这种思想显然是带有封建色彩的。尤二姐自杀之前,也曾经做过一个梦。她梦见尤三姐对她说:"你我生前淫奔不才,使人家丧伦败行,故有此报。"尤三姐劝她用鸳鸯剑去斩凤姐。她不愿意,并且还希望她的病痊愈。尤三姐又说:

> 姐姐,你终是个痴人。自古天网恢恢,疏而不漏,天道好还。你虽悔过自新,然已将人父子兄弟致于聚麀之乱,天怎容你安生?①

这几句话和尤三姐的性格不合,也应看作是作者的思想的流露。这种思想不用说是和尤二姐、尤三姐故事的客观意义直接矛盾的。书中还有颂扬清朝的统治的地方。贾宝玉给芳官取名耶律雄奴的时候,他讲了这样一段话:

> 雄奴二音又与匈奴相通,都是犬戎名姓。况且这两种人自尧舜时便为中华之患,晋唐诸朝深受其害。幸得咱们有福,生在当今之世,大舜之正裔,圣虞之功德,仁孝赫

---

① 通行本删去了这些话。

赫格天，同天地日月亿兆不朽。所以凡历朝中跳梁猖獗之小丑，到了如今，竟不用一干一戈，皆天使其拱手俯头，缘远来降。我们正该作践他们，为君父生色。

芳官笑他不能真正立武功，却借他们来开心作戏。他又说：

> 所以你不明白。如今四海宾服，八方宁静。千载百载，不用武备。咱们虽一戏一笑，也该称颂，方不负坐享升平了。①

由于受到文字狱的威胁，曹雪芹在《红楼梦》开头即点明此书无朝代年纪可考，以免触犯当时统治者的忌讳；但这里所歌颂的显然是当时的清朝，是清朝对于国内其他少数民族的征服。孟轲说过舜是东夷之人，所以贾宝玉称满族是大舜之正裔。这些歌颂到底是真心话还是敷衍之词，就很难判断了。歌功颂德的风气在当时是很盛行的。吴敬梓作的《金陵景物图诗》，本来主要是歌咏自然风景，和清朝的统治有什么相

---

① 见庚辰本和有正本六十三回。通行本删去。

干，但他也要颂扬几句①。吴敬梓的朋友程廷祚作《上元县志序》，那也是大可不必颂扬清朝的，但他几乎处处不忘"颂圣"，就像专门做来给皇帝看一样②。曹雪芹的朋友敦诚，也是一方面很有牢骚，一方面又歌颂清朝的皇帝③。曹家虽曾被抄家，但当时的确像是一个"升平"之世。曹雪芹借贾宝玉的话来歌颂几句，也是不足为怪的。这些思想以及其他类似的思想，都带有封建色彩。不过这些部分在全书中所占的比重极其微小，无损于《红楼梦》的总的意义和效果，无损于它对封建主义的批判的总倾向。

俞平伯先生曾主张《红楼梦》的主要观念是"色""空"，许多文章已经批评过，那当然是错误的。但在《红楼梦》问题的讨论当中，又曾出现了两种不恰当的意见。一种是否认曹雪芹真有"色""空"和"梦""幻"等思想④。一种是过分强调曹雪芹有宗教情绪，过分强调佛教思想对他的影响⑤。

---

① 见《文学研究集刊》第四册。

② 《青溪文集》卷六。

③ 《四松堂集》卷一第17页："圣心念恫瘝，惠爱何谆谆。"卷二第6页："岁廪戴君德，堕体赧吾颜。"卷二第18页："平时教养皆逾厚，此日恩施信觉崇。"

④ 《红楼梦问题讨论集》一集，383至384页。

⑤ 这种意见在有些讨论会上出现过，尚未见于发表的文章。

作者在第一回里面说:"此回中凡用梦用幻等字,是提醒阅者眼目,亦是此书立意本旨。"第十二回写跛足道人给贾瑞送风月宝鉴的时候,他说:"这物出自太虚幻境空灵殿上警幻仙子所制,专治邪思妄动之症,有济世保生之功。所以带他到世上,单与那些聪明俊杰,风雅王孙等看照。千万不可照正面,只照它的背面。"这个镜子的正面和背面是什么呢?正面是贾瑞的意中人凤姐,背面却是一个骷髅。不能不说,作者主观上是有"梦""幻"和"色""空"这一类的思想。不过《红楼梦》的主要内容实际是和这种所谓的"立意本旨"相违背而已。它里面的感染人的地方并不在这些消极的成分,却刚好是和这些思想相反的描写和精神。梦幻也好,红粉骷髅也好,都是一些在封建士大夫中间流行已久的思想,并非作者特有的人生见解。正如他的头脑里不可能不多少还带有一些封建思想一样,他的时代、他的阶级和他的个人遭遇也不能不使他受到这一类消极思想的传染。这些一般性的东西并不能掩盖他的主要的思想的光芒。他的主要的思想和倾向显然是对于封建社会的一系列的不满,显然是对于青春、爱情和有意义的生活的赞美,对于不幸的叛逆者和被压迫者的同情。这些才是构成曹雪芹的思想和《红楼梦》的内容的特色的要素。

至于过分强调他有宗教情绪,过分强调他受了佛教思想的影响，这实际上不过是强调"色""空"观念的换一种说法而已。如果把"梦""幻"和"色""空"一类说法看作佛教思想，不能不说曹雪芹多少沾染了这种思想的影响。但这并不等于信奉佛教。沾染了在封建士大夫中间曾经很流行的某些佛教思想和老庄思想，和对待佛教和道教的实际态度还是有差别的。按照《红楼梦》里面的描写，不仅贾敬服丹砂致死，否定了道家修炼之说，而且从书中的正面人物贾宝玉"毁僧谤道"，很恨人"混供神，混盖庙"，又说烧纸钱"原是后人异端"，也可以看出作者并不迷信宗教。对于带发修行的妙玉，书中说她"云空未必空"，并且叹息她"青灯古殿人将老，辜负了红粉朱楼春色阑"。对于惜春的出家结局，书中也说"可怜绣户侯门女，独卧青灯古佛旁"。芳官、葵官和荍官[①]的出家，更和晴雯的惨死并列，显然作者认为同是不幸的结局。我们不可能知道贾宝玉的最后的出家曹雪芹将要怎样去描写，但我们也很可以怀疑一下，未必真正是由于所谓"解悟"。

和这样的理解有些矛盾的，是第一回描写甄士隐昼寝，梦见一僧一道对他说："到那时不要忘我二人，便可跳出火坑矣。"

---

① 庚辰本原作葵官荍官。通行本改作蕊官藕官，大概因为五十八回写过荍官已死的缘故。

这好像作者又的确有以宗教为出路的意思。甄士隐后来果然是跟着一个跛足道人隐去了。林黛玉幼时，曾有一个癞头和尚化她去出家。贾宝玉为魔法所害，也是这一僧一道所救。这一对神秘的僧道在书中是多次出现的。应该怎样解释这些情节呢？这或许不过是小说家言。正如谚语所说的，"演戏无法，出个菩萨"，或许是为了某些情节的发展和结束的方便，作者才采取了这一类的写法。如果作者真是相信一切皆空，相信宗教可以解决人生问题，如果这是他的主导思想，他就不会以十年辛苦来写《红楼梦》，不会以许多女孩子和儿女之真情来占据全书的主要篇幅，而且写得那样有兴味，那样充满了对于生活的激情。

有人批评小说中关于太虚幻境的描写，说它"很足以反映出作者思想中虚无神仙的思想"[①]。这也是把小说家言看得过于认真的。叫作太虚幻境，就和子虚、乌有先生等人名一样，已经点明了是假托。何况它又还是出现在贾宝玉的梦中。为什么要写贾宝玉做那样一个又长又离奇的梦呢？或许也是出于结构上的需要，或许也是一种艺术手法。《红楼梦》的人物是那样众多，情节是那样复杂，在结构上不能不有一二次笼罩全局的提纲挈领式的叙述。通过这样一个梦，不但描写了贾宝玉，而且

---

① 《红楼梦问题讨论集》一集，115页。

对书中的十几个重要的女子的性格或结局都作了介绍。这和从冷子兴的谈话介绍荣国府的轮廓，同样出于作者的匠心。已经发生的事情，可以从别人的口中谈出；尚未发生的事情，作者就只好用这种迷离的梦境和神秘的金陵十二钗册子来做一次总的暗示了。根据这就判定作者有虚无神仙思想，恐怕结论未免下得太快了。在话本和拟话本里面，在《聊斋志异》里面，都有许多精彩的短篇作品；但它们有一个共同的缺点，就是因果报应的思想表现得很普遍，而《聊斋志异》更喜欢描写信佛念经真有灵验。《红楼梦》却极少这一类的迷信。除了宝玉凤姐为魔法所害，好像真相信那种法术有效验而外，秦钟临死见鬼，那是游戏笔墨①；贾宝玉衔之而生的通灵宝玉，全书写它真有灵异不过一次②，那也是照应最初的虚构不得不有之笔。高鹗的续书就迷信闹鬼，层出不穷，在这方面也是和曹雪芹的原作不合的。

当然，也还可以这样追问一下。虽然文学艺术容许奇特的幻想，容许大胆的浪漫主义的手法，但我们今天来写小说，却无论如何是不会在故事中穿插那样一对神秘的僧道，也不会描写那样

---

① 庚辰本十六回眉批："石头记一部中，皆是近情近理必有之事，必有之言。又如此等荒唐不经之谈，间亦有之，是作者故意游戏之笔，耶（聊）以破色取笑，非如别书认真说鬼话也。"

② 庚辰本二十五回眉批："通灵玉除邪，全部百回只此一见。"

一个太虚幻境的。这个差别不就说明了曹雪芹并没有完全摆脱宗教和迷信吗？曹雪芹当然是和我们有差别的。他当然不能完全超越他的时代的限制。他不但没有现代的自然科学的知识，而且他虽然对他的阶级和封建社会怀抱不满，却不可能有也不可能看到真正的出路。热爱生活而又有梦幻之感，并不是真正相信宗教而又给小说中的人物以出家的结局，都是可以从这里得到解释的。

真实的人物往往比小说中的人物更为复杂。不承认曹雪芹的世界观中存在着矛盾[①]，那显然是错误的。从《红楼梦》里面表现出来的曹雪芹的思想已经够复杂了。但他的几个朋友的诗文所描写的他的某些性格，在《红楼梦》里面就还不能全部看到。《红楼梦》开头的那些自述和议论当然就更不能代表他的全部思想。那里面有一些他的重要的艺术见解。那里面说明了这部小说有褒有贬[②]，并且流露出来了牢骚不平之意。但那里面说这部作品"凡伦常所关之处皆是称功颂德，眷眷无穷"；说"毫不干涉时世"，说作者的动机是告罪天下，说梦幻等字是此书立意本旨，却都是靠不住的。总的看来，他所不满和反对的都是封建社会的不合理的黑暗的事物，他所肯定和

---

① 《红楼梦问题讨论集》四集，128页就有这种意见。
② 开头就称赞了一些女子，后来又说书上有"指奸责佞，贬恶诛邪之语"。

赞扬的主要是对于封建统治阶级的叛逆和反抗，是被压迫和被埋没的有才能的妇女，是带有理想色彩的爱情和人对于自由幸福的生活的渴望。虽然他的头脑里也仍然带有一些封建思想和其他消极的思想，对于已经失去的繁华的贵族生活有时也流露出些留恋，但《红楼梦》里面的积极的进步的内容却是压倒了这一切的。只有王国维那样一些自己原来有浓厚的悲观思想的人，才会把它局部的东西加以夸大，说它是旨在鼓吹"解脱"和"出世"。《红楼梦》对于很多具体事物的否定和肯定，都是出于作者的自觉的。不过在当时的历史条件之下，他不可能整个否定封建社会，整个否定封建统治阶级。在这点上《红楼梦》的客观效果就和作者的主观思想有了很大的差异和矛盾了。在有些人物和情节上，作者的主观认识和客观效果也是有距离的。对于贾政和王夫人，对薛宝钗和花袭人，甚至对于王熙凤，曹雪芹的感情都和读者并不完全一致。许多文章都提到的黑山村庄头乌进孝向贾珍交纳租子那一段，作者的原意不过是要写出贾府已有些入不敷出罢了；但我们现在却从它可以看出贾府的豪华生活是建筑在对于农民的剥削上。这自然是作者未必意识到的。

十一、《红楼梦》的思想倾向

如果以上的说明符合实际的话，那么我们就可以说，《红楼梦》的内容主要就是这样，从《红楼梦》所表现出来的曹雪芹的思想也大致就是这样。这种内容和思想的性质是怎样的，它们的社会根源是什么，从《红楼梦》问题的讨论到现在，一直是不曾解决的有争论的问题。

先是李希凡同志提出了这样的解释："红楼梦正面人物形象所达到的思想高度，是与当时最进步的思想潮流相互辉映的"；当时最进步的思想潮流"一方面反映了民族斗争，一方面反映了工商业者反对封建压迫的要求"[①]。邓拓同志的说明就更加明确，更加强调了。他说，"红楼梦应该被认为是代表十八世纪上半期的中国未成熟的资本主义关系的市民文学的作

---

① 《红楼梦问题讨论集》三集，36页。

品","曹雪芹就是属于贵族官僚家庭出身而受了新兴的市民思想影响的一个典型的人物","应该说他基本上是站在新兴的市民立场上来反封建的"①。邓拓同志的这种主张发表以后,李希凡同志说,"在大部分同志之间,对于这一问题才取得了比较一致的看法"②。不但他后来写的文章讲得更肯定了,而且的确有不少的作者都采取了这种说法。

有些文章对于《聊斋志异》《桃花扇》《儒林外史》等作品也用这种"新兴的市民思想"来解释,而且其中有一篇竟至说《红楼梦》和它们"赋有资产阶级革命期的性质"③。

也有不少的人怀疑或反对这种解释。报刊上曾发表过一部分怀疑或反对的意见。但争论并没有充分地展开。这个问题涉及整个中国的历史,整个中国的思想史和文学史,还有待于这方面的专家们的研究和讨论。我这里所能做的也不过是提出一些怀疑的意见而已。

主张"市民说"的同志们的论点和看法并不完全相同。为了叙述的方便,我们在这里把不同的作者提出的一些有代表性的理由综合在一起来介绍和评论一下:

---

① 《红楼梦问题讨论集》三集,4、19页。
② 《红楼梦问题讨论集》四集,154页。
③ 《红楼梦问题讨论集》四集,82页。

首先是有些作者强调清初的资本主义经济因素的萌芽的发展和代表这种萌芽的市民力量的强大。关于这个问题，史学界已经展开了讨论。读了许多辩论的文章，作为一个普通的读者，我觉得那种比较谨慎地承认这种新的经济因素的萌芽的存在、然而又反对加以不适当地夸大和附会的说法是更为符合实事求是的精神的。至于为了壮大当时的市民的声势，把东林党和三合会也说成是代表市民的组织，那恐怕并不恰当。

其次是把黄宗羲、顾炎武、王夫之、唐甄、颜元、戴震这样一些清代的著名的思想家都说成是"新兴的市民"的代表，想用这来证明当时这种性质的思想潮流的普遍，《红楼梦》等文学作品不能处于这种潮流之外。但是这些人的著作都还存留在人间，如果我们不满足于许多论文中的片言只语的摘引和勉强牵合的解释，而去直接阅读他们的原著，就不能不越读越怀疑起来。详细说明这个问题并不是这篇论文的任务。但也不妨略为举几个例子来看看。

要从这些思想家的著作中找出比较明显的好像代表市民的语句是不容易的。所以许多文章都喜欢引用这样两句话：黄宗羲说过的"夫工固圣王之所欲来，商又使其愿出于途者，盖皆本也"，王夫之说过的"大贾富民，国之司命"。但我们查一查《明夷待访录》，就会发现黄宗羲所说的"盖皆本也"的工商业并非一般的工商,而不过是限制很严的极少的经营。所以他说"倡优有禁,酒食有禁,除布帛外皆有禁。今夫通都之市肆,十室而九,有为佛而货者,有为巫而货者,有为倡优而货者,有为奇技淫巧而货者,皆不切于民用,一概痛绝之,亦庶乎救弊之一端也"。我看当时的工商界是不会欢迎这样一个思想家做他们的代表的。我们再查一查《黄书》,又会发现王夫之所说的"国之司命"的"大贾富民"也并非一般的商贾,而是"移于衣冠"的"良贾",而是"冠其乡"的"素封巨族",而是"豪右之门",用现在的话说,就是大地主和已经升到大地主之列的大商人。王夫之为什么说他们是"国之司命"呢,也并非因为他们负担了代表资本主义萌芽的光荣任务,而是据这位思想家说,穷苦的劳动人民有困难的时候,遭遇到旱灾水灾的时候,可以去向他们借高利贷。实在扫兴得很,这位著名的思想家说这句话的用意不过如此。黄宗羲和王夫之的这两句话,是被称为可以从它们看出新兴的市民阶级要求的"鲜明的标帜"的[①],原来并不鲜明。

说这些思想家代表"新兴的市民"的理由当然还有。比如,说黄宗羲的《原君》一篇"就渗透着近代启蒙思想的色

---

① 《红楼梦问题讨论集》四集,119页。

彩","虽然还披着古代贤王理想的外衣,而内里却有着完全崭新的内容"①。像这种出现在封建末期的攻击封建帝王的民主思想,或许也可以说是有新的内容的。但这种新的内容到底是反映了当时广大人民的抗议,还是专门地单独地代表市民,也还可以研究。因此,说它"完全崭新"恐怕也就割断了以前的有民主因素的思想的传统。

远在先秦,不但孟轲说过"闻诛一夫纣矣,未闻弑君也","民为贵,社稷次之,君为轻"这样一些人所共知的名言,而且《吕氏春秋》上也有这样的话:"天下非一人之天下也,天下人之天下也。"汉朝人撰的《韩诗外传》有一个故事:"齐桓公问于管仲曰:'王者何贵?'曰:'贵天。'桓公仰而视天。管仲曰:'所谓天,非苍莽之天也。王者以百姓为天。百姓与之则安,辅之则强,非之则危,倍之则亡。'"汉朝的董仲舒说:"且天之生民非为王也,而天立王以为民也。"②这都是我国古代的一些可宝贵的思想。而且这种思想传统是并未断绝的。南宋末年的邓牧就曾经写过一篇《君

---

① 《红楼梦问题讨论集》四集,118页。

② 以上引文见《吕氏春秋·贵公》,《韩诗外传》卷四,《春秋繁露》:"尧舜不擅移,汤武不专杀。"

道》。他说"天生民而立之君,非为君也"。他说"彼所谓君者","状貌咸与人同,则夫人固可为也"。他又说,"天下何常之有!败则盗贼,成则帝王。"这都是一些很大胆的见解。黄宗羲的《原君》应该说是这些思想的继承和发展,和邓牧的《君道》中的思想尤其接近。戴震的《孟子字义疏证》里面所说的"理",也被看作"有着'近代'的议题","已经有了非常鲜明的新内容,即人与人的平等关系"[①]。根据是他有这样一段话:

> 理也者,情之不爽失也。未有情不得而理得者也。凡有所施于人,反躬而静思之:人以此施于我,能受之乎?凡有所责于人,反躬而静思之:人以此责于我,能尽之乎?以我絜之人则理明。天理云者,言乎自然之分理也。自然之分理,以我之情絜人之情,而无不得其平是也。

很容易看出,这段话的主要意思是从孔丘的"己所不欲,勿施于人"来的,并不是近代的平等观念。近代的平等观念应该包括政治地位的平等、社会地位的平等,而不是这种古已有之

---

① 《红楼梦问题讨论集》四集,166页。

的"将心比心"的思想①。还有几句被许多论文和著作反复地引来引去的话,那就是王夫之"终不离人而别有天,终不离欲而别有理","随处见人欲,即随处见天理",曾被有些作者称为"彻头彻尾的人性解放论"②,"中等阶级反对派的先进思想家"的"人文主义思想"③。这几句话也是需要查对一下原书的。如果我们查一查王夫之的《读四书大全说》卷八,就会发现这些话原来和《孟子》上面的一段话很有关系。孟轲劝齐宣王行王政,齐宣王说:"寡人有疾,寡人好货。"孟子说:好货不要紧,只要让百姓也富足,一样也可以王天下。齐宣王又说:"寡人有疾,寡人好色。"孟子说:好色不要紧,只要让百姓也婚姻及时,一样可以王天下。王夫之的议论就是对这段话和朱熹以及辅广的注释而发的。所以他说:

> 于好货好色与百姓同之上体认出克己复礼之端,朱子于此指示学者入处甚为深切著明。

下面他批评《四书大全》上所录的辅广对于朱熹的话的解

---

① 参看恩格斯《反杜林论》第一编第十节关于"平等"的说明。
② 《红楼梦问题讨论集》四集,55页。
③ 尚钺《中国资本主义关系发生及演变的初步研究》,303、304页。

释，说不能把克己和复礼分先后，于是就发挥起他的"终不离人而别有天，终不离欲而别有理"这样一些道理来了。最后他说：

> 孟子承孔子之学，随处见人欲，即随处见天理。学者循此以求之，所谓不远之复者，又岂远哉？不然，则非以纯阴之静为无极之妙，则以夬之厉、大壮之往为见心之功，仁义充塞，而无父无君之言盈天下，悲夫！

读者也许会奇怪，这位被称为市民的代表的思想家怎么居然对朱熹大为称赞呢？所以我们也有必要查一查朱熹的《孟子集注》。原来朱熹的注文是这样的：

> 愚谓此篇自首章至此，大意皆同。盖钟鼓苑囿游观之乐，与夫好勇好货好色之心，皆天理之所有，而人情之所不能无者。然天理人欲，同行异情。循理而公于天下者，圣人之所以尽其性也。纵欲而私于一己者，众人之所以灭其天也。二者之间，不能以发，而其是非得失之归相去远矣。故孟子因时君之问而剖析于几微之际，皆所以遏人欲而存天理，其法似疏而实密，其事似易而实难。学者以身体之，则有以识其非曲学阿世之言，而知所以克己复礼之端矣。

在这段注文中，朱熹的有些话和王夫之的意见差不多，所以"甚为深切著明"的评语就被加上了。当然，应该说句公道话，王夫之和朱熹是有区别的。就是在这段话中，朱熹虽然承认了"钟鼓苑囿游观之乐，与夫好勇好货好色之心，皆天理之所有，而人情之所不能无"，但后来还是提出了"遏人欲而存天理"。但把孟轲和王夫之比较又怎样呢？王夫之的这些话虽然说得更概括、更理论化一些，孟轲对于钟鼓苑囿游观之乐和好勇好货好色之心一概承认其有合理的因素，不也同样是适当地肯定了人欲吗？可见适当地肯定人欲未必一定是"新兴的市民"才有的思想。还有一位同志引了这样一段话，把它作为黄宗羲主张个性解放的证据[①]：

> 人心本无所谓天理，天理正从人欲中见。人欲恰好处即天理也。向无人欲，则亦无天理之可言矣。

但我们查一查《南雷文案》卷八的《陈乾初先生墓志铭》，原来这根本不是黄宗羲的，而是陈确的话，怎么能够引来证明黄

---

① 《红楼梦问题讨论集》四集，119至120页。这位作者注明是"引文"，但在引文前却又这样写道："黄梨洲也同样说过。"

宗羲主张个性解放呢？陈确是黄宗羲的朋友。黄宗羲既然在他的墓志铭中特别引出这段话，也许总会是赞成的吧？但就在这篇墓志铭中，黄宗羲就说："其于圣学，已见头脑。故深中诸儒之病者有之；或主张太过，不善会诸儒之意者亦有之。"①原来他还是有保留的。我们再查一查《南雷文案》卷三《与陈乾初论学书》，就更会大吃一惊，原来黄宗羲对陈确的这段话曾经大反对而特反对：

> 老兄云："周子无欲之教，不禅而禅。吾儒只言寡欲耳。人心本无所谓天理，天理正从人欲中见。人欲恰好处即天理也。向无人欲则亦无天理之可言矣。"老兄此言，从先师"道心即人心之本心，义理之性即气质之本性"，"离气质无所谓性"而来②。然以之言气质言人心则可，以之言人欲则不可。气质人心是浑然流行之体，公共之物也；

---

① 黄宗羲晚年编定的《南雷文定》后集卷三中仍有这几句话。只有在更晚的《南雷文约》中却删去了，改为"乾初论学，虽不合诸儒，顾未尝背师门之旨，先师亦谓之疑团而已"。这样，对他的死友好像没有什么批评了。但仅称之为"疑团"，仍然并不是完全肯定陈确的意见。

② 先师指刘宗周。这里所引的刘宗周的话见《明儒学案》卷六十三《蕺山学案》中的《语录》。

人欲是落在方所,一人之私也。天理人欲正是相反。此盈则彼绌,彼盈则此绌。故寡之又寡,至于无欲,而后纯乎天理。若人心气质,恶可言寡耶?"枨也欲,焉得刚",子言之谓何?"无欲故静",孔安国注《论语》"仁者静"句,不自濂溪始也。以此而禅濂溪,濂溪不受也。必从人欲恰好处求天理,则终身扰扰,不出世情,所见为天理者,恐是人欲之改头换面耳。

这篇论学书题下注明"丙辰",即1676年,黄宗羲已67岁。《陈乾初先生墓志铭》未注明是哪一年写的。但陈确死于丁巳,即1677年,作墓志铭当不会隔得太久。难道黄宗羲原来这样坚决地反对这种所谓市民思想,等到他的朋友一死,忽然又变成了所谓市民思想家吗?恐怕还是陈确的这一类的话未必是"在本质上反映着新兴的市民阶级强大的要求"吧。清初有些思想家对于人欲的适当肯定,是对于程朱学派的否定人欲的反动。这应该是反映了长期受到封建礼教压迫的人民的抗议,而不像是仅仅代表了所谓新兴市民的要求。

我想不必再多举例子了。这已经很可以说明我们有些同志的论点的根据是一点也经不起查对原书的。把清代的王夫之、黄宗羲、唐甄、戴震等人称为代表"萌芽状态中的市民政治思想的主要人物"①，把王夫之、黄宗羲、顾炎武、颜元等人的思想倾向说为"接近于代表城市中等阶级的反对派"或"接近于代表城市平民反对派"②，本来是有些研究中国历史和中国思想史的同志的主张，并不是讨论《红楼梦》问题时的新发现。这些同志的著作提出了许多材料，并且试图用马克思主义的观点来解释许多历史现象，我们研究《红楼梦》的人是可以参考的。但由于这些问题还大有讨论之余地，我们应该抱有独立的研究态度，不宜把他们的看法和材料不加考察就盲目相信和照样抄引。清代这些思想家的思想的性质、产生的原因，以及他们的共同之处和差异，都是涉及许多复杂的问题的。详细说明这些问题不但不是这篇论文的任务，而且也不是我的能力所能胜任。还是希望治中国历史和中国思想史的同志们用实事求是的态度多作一些研究和讨论吧。我在这里不过是提出我的怀疑：我觉得断定这些思想家代表"新兴的市民"的理由并没有足够的说服力，而且完全经不起认真的考察。马克思主义的结论应该建立在大量的可靠的材料的基础上，而且对于这些材

---

① 吕振羽《中国政治思想史》，583页。
② 侯外庐《中国早期启蒙思想史》，35、36、146、241等页。

料的研究和说明必须采取严格的实事求是的态度。孤立地或者片面地摘出一些话来，而且加以牵强的解释，我看是不能解决问题的。对于清代的这些著名的思想家，我决无菲薄之意。虽然他们的思想和成就是有差别的，而且其中有些人差别很大，但大体上说来，都是一些当时的杰出的人物。黄宗羲、顾炎武和王夫之不但在思想上学术上各有各的独特的贡献，而且他们那种坚持民族气节、至死不屈的精神也令人敬佩。黄宗羲、顾炎武和唐甄的思想中的民主成分更比较显著。应该说在不同的方面、不同的程度上，他们的思想和学说的某些部分是反映了当时的人民的要求。我们也不能把当时的市民排除在人民的范围之外。

我所怀疑的不过是现在有些同志把他们思想中的许多好的部分都一概归结为代表"新兴的市民阶级"，而且对他们思想中的封建性的一方面却避而不谈，这实在和他们的著作所客观呈现出来的他们的思想面貌不符合而已。在这些思想家中，或许王夫之的政治思想是封建性最浓厚的。如果说他反对农民起义那还是当时一般封建地主阶级的知识分子所共有的限制，他那样强调"君臣之义"，反复说"君臣者，彝伦之大者也"，"君臣之义，生于性者也，性不随物以迁，君一而已,犹父不可有二也",甚至认为"非是则不能以终日"①,却就比黄宗羲在《原君》中表现出的政治思想落后多了。他还强调"辨男女内外之别",说"妇人之道,柔道也","天地之经,治乱之理,人道之别于禽兽者在此也"②。他对封建等级制的拥护尤为狂热。他为封建社会里"士之子恒为士,农之子恒为农","倡优隶卒之子弟"不准参加科举辩护,甚至说草野市井之中没有"令人"③。他说南北朝重门阀为"三代之遗""天叙天秩之所显"④。封建科举制度是那样腐败,他却认为它可以"别君子野人"⑤。他甚至诋毁庶民为禽兽⑥。他反复强调"民可使由之,不可使知之",认为"后世庶人之议,大乱之所归也"⑦。他说:"天下之大防二:夷狄华夏也,君

---

① 《读通鉴论》卷二十七、卷二十、卷五。
② 《读通鉴论》卷五。
③ 《读通鉴论》卷十。
④ 《读通鉴论》卷十五。
⑤ 《读通鉴论》卷二十三。
⑥ 《俟解》:"小人之为禽兽,人得而诛之。庶民之为禽兽,不但不可胜诛,且无能知其为恶者。不但不如其为恶,且乐得而称之,相与崇尚而不敢逾越。学者但取十姓百家之言行而勘之,其异于禽兽者百不得一也。""庶民者,流俗也。流俗者,禽兽也。"
⑦ 《读通鉴论》卷七、卷十。

子小人也。"①关于"君子小人"之"大防"他作了这样的说明:

> 君子之与小人,所生异种,异种者,其质异也。质异而习异。习异而所知所行蔑不异焉。乃于其中自有其巧拙焉。特所产殊类,所尚殊方,而不可乱。乱则人理悖,贫弱之民亦受其吞噬而憔悴。防之于滥,所以存人理而裕人之生,因乎天也。呜呼,小人之乱君子,无殊于夷狄之乱华夏;或且玩焉,而孰知其害之烈也!小人之巧拙自以类分。拙者安拙而以自困,巧者炫巧而以贼人。拙者,农圃也,自困而害未及人者也。然夫子未尝轻以小人斥人,而指斥樊迟,恶之甚,辨之严也。汉等力田于孝弟以取士,而礼教凌迟。故曰,三代以下无盛治。夫以农圃乱君子,而弊且如此,况商贾乎?商贾者,于小人之类为巧,而蔑人之性,贼人之生为已亟者也。乃其气恒与夷狄而相取,其质恒与夷狄而相得,故夷狄兴而商贾贵。

王夫之所强调的这两个"大防"是他的最根本的政治思想。强

---

① 《读通鉴论》卷十四。"夷狄华夏"四字原缺。据下文补。

调"夷狄华夏"之"大防"是反对满民族的压迫和统治，客观上不无积极的作用，但这种思想的性质仍然是封建的。至于强调"君子小人"之"大防"那就更彻头彻尾是反动的封建思想了。特别值得注意的是他对商贾的态度。他盛赞刘邦"不令贾人衣丝乘车，重租税以困辱之"，称他为"知政本"[1]。他说，"农人力而耕之，贾人诡而获之，以役农人而骄士大夫，坏风俗，伤贫弱，莫此甚焉"，所以主张"重其役"以抑末而崇本"[2]。他反对"盐之听民自煮，茶之听民自采"[3]。他说，"割盐利以归民"，"所利者豪民大贾而已；未闻割利以授之豪民大贾而可云仁义也"[4]。对这样大量存在的材料置之不理，或者加以隐蔽，反而断定王夫之为代表"新兴的市民"的思想家，实在不能不使人觉得十分奇怪了。

清代这些思想家是否代表市民，这是我们研究清初和稍后的文学应该考察的一个方面，但他们的学说的性质和《红楼梦》的思想内容的性质并不一定一致。如果小说本身真是明显地反映了当时的市民的观点和要求，我们不能以这些思想家并

---

[1] 《读通鉴论》卷二。
[2] 《读通鉴论》卷三。
[3] 《读通鉴论》卷二。
[4] 《读通鉴论》卷九。

不代表市民来否定；反过来，如果小说本身没有这样的内容，这些思想家就是代表市民也不能用来证明这部小说是市民文学。因此，最重要的还是要去分析作品。主张"市民说"的作者们在这方面也是提出了一些理由的。有的说，贾宝玉和甄宝玉"本是一人，终于分化成为两人，且是相反的两人，就表明着当时社会正是处于一个分化的过程：旧的人物在衰落着、死亡着，新的人物在诞生着、发育着。这表明着一个新兴的阶级即市民阶级正在抬头和说明着当时的社会正在发生着急剧的变化"[1]。有的说，《红楼梦》里面说过"除了'明明德'外就无书了"，在曹雪芹，这"明德"正是"个性的天真"。他主张"明明德"就是主张个性解放[2]。还有人把《红楼梦》、《儒林外史》和《聊斋志异》的反对科举也算成"作为新兴的市民社会力量之反映的近代民主思想的主要内容"之一[3]。为了节省篇幅，这些显然是牵强附会，甚至可以说只能作为谈笑资料的说法我们就不一一评论了。比较值得考虑的是这样几个理由：说曹雪芹有平等的思想，有个性解放的思想，

---

[1] 《红楼梦问题讨论集》三集，118页。
[2] 《红楼梦问题讨论集》四集，60页。
[3] 《红楼梦问题讨论集》四集，82页。

有以思想一致为爱情的基础的新的进步的婚姻观。如我们在前面所说明的,曹雪芹以一种敢于向封建秩序挑战的大胆的精神写出了他所见到的封建社会的男女不平等,写出了许多聪明的有才能的女子都受到埋没和摧残。从这种现实主义的描写和揭露,我们是可以引申出男女应该平等的结论来的。对于封建等级制他也和王夫之的态度不同。他虽然不曾明白反对,但也并不积极拥护。他把从贵族家庭出身的女子列入《金陵十二钗正册》,把做妾做丫头的女子列入《金陵十二钗副册》或《金陵十二钗又副册》,说明他并没有完全摆脱了封建等级观念,但他对许多社会地位低下的女子却给予了同情和赞扬。不过我们知道,平等这一概念是有不同的内容的。恩格斯在《反杜林论》中说明过:"一切人,作为人来说,相互之间都有一些共同之点,在这共同点所涉及的范围内,他们是平等的——这样的观念自然是自古已有的。"市民阶级所提出的近代的平等要求却是商品生产的反映,却是"为着工业和商业的利益",因而它所要求的是政治上和法律上的平等。《红楼梦》里面所包含的一定程度的平等思想更接近前者而不像是后者。封建社会的男女不平等是长期地普遍地存在的事实。

观察敏锐的有人道主义精神的现实主义的作家是可以从生活中直接发现这种残酷的真实,而且加以描写的。所以唐代的诗人白居易就有这样的诗句："人生莫作妇人身，百年苦乐由他人。"而封建社会的不少传说、戏曲和小说更常常把其中的女子描写得比男子出色。尊重个性的思想也有和这相似之处。封建主义对于个性的束缚也是长期地普遍地存在的事实。对于这种束缚的不满和反对是可以很早就发生的，不一定要以资本主义萌芽的存在和发展为前提。远在三国时的嵇康，就是一个"为礼法之士所绳，疾之如仇"的人物。他不喜酬答，不喜吊丧，也不耐烦"官事鞅掌"，"裹以章服，揖拜上官"[1]。这和《红楼梦》里面所描写的贾宝玉，"懒与士大夫诸男人接谈，又最厌峨冠礼服，贺吊往还等事"，叫"读书上进的人"为"禄蠹"，是很相似的。曹雪芹还不敢把贾宝玉写成非难孔丘和"四书"。而嵇康却公然"非汤武而薄周孔"[2]，公然说"不学未必为长夜，六经未必为太阳"[3]：

> 六经以抑引为主，人性以从纵为欢。抑引则违其愿，纵欲则得自然。然则自然之得，不由抑引之六经；全性之

---

[1] 《与山巨源绝交书》。
[2] 《与山巨源绝交书》。
[3] 《难自然好学论》。

本，不须犯情之礼律。固知仁义务于理伪，非养真之要求；廉让生于争夺，非自然之所出也。[①]

可惜的是嵇康生得太早了，他生在三世纪。如果他生在明末清初，岂不也就很可能被我们今天的某些作者给他加上代表"新兴的市民"的主张个性解放的思想家或文学家的头衔吗？至于以思想一致为爱情的基础，而且是以一种进步的思想为基础，我们在前面也说明过，这的确是一种至今仍然适用的恋爱原则。但这种恋爱观和婚姻观是否只有市民阶级才能提出，也是很可怀疑的。恋爱和婚姻既然不只是在市民中间才有的生活现象，关于它们的理想也就不一定要市民才可以提出。

我们在讨论清代的几位思想家和《红楼梦》的思想的性质的时候，常常提到它们的某些内容都有过去的传统。这并不是说，新兴的阶级的思想就不要继承或利用过去的传统；更不是说，从过去找得到和它们相类似的思想就可以证明它们不是新兴的东西。问题的关键是在这里：新兴的阶级的思想除了这种和过去的传统的继承关系或相类似而外，还必须有质的差异，还必须有它那个阶级特有的色彩。而我们从清代的几位思想家

---

① 《难自然好学论》。

和《红楼梦》的思想中都找不到这种质的差异,这种特有的色彩。

确定曹雪芹基本上是站在"新兴的市民"的立场上,而又说他"找不到出路"①,这本身好像就是矛盾的。既然是"新兴的",为什么又没有"出路"呢?说是当时的资本主义关系还未成熟。还未成熟,不正是很有希望,很有发展前途吗?曹雪芹从封建地主阶级看不见希望,从别的阶级也没有看到什么出路。《红楼梦》里面没有出现代表资本主义萌芽的"新兴的市民",但商人却是写到了的。贾芸的舅舅就是一个开香料铺的商人。他把这个商人写得很刻薄,而且给他取个名字,叫作"卜世仁"。"卜世仁"很可能就是"不是人"的谐音②。他还写到了两家不是一般商人的皇商。一是薛家。薛家开有当铺。史湘云、林黛玉不认得当票,薛姨妈给她们说明了缘故。她们笑道:"原来如此。人也太会想钱了。"这是作者对于高利贷的态度。薛蟠想跟伙计出去做买卖,薛姨妈不放心他去。薛宝钗劝她同意,并且把做买卖叫作"正事"。这倒有些

---

① 《红楼梦问题讨论集》三集,22页。
② 庚辰本第二十四回关于"卜世仁"的批语:"既云不是人,如何肯共事。想芸哥此来空了。"

和"工商""皆本"的说法相似。但可惜主张"市民说"的同志们也并不把薛宝钗看作正面人物,看作"新兴的市民"的代表。还有一家是夏家。夏金桂却写得那样不堪。可见作者和吴敬梓一样,是有他的阶级偏见的。他们都很讨厌这一类的"大贾富民"。

十二、《红楼梦》的思想性质

在"市民说"之外,还有一种对于《红楼梦》的思想性质的解释。为了叙述的方便,不妨把它简称为"农民说"。在许多问题上它都是和"市民说"针锋相对的。

"市民说"认为:十八世纪上半期的中国封建社会"不同于以前的任何时期",因为"在封建经济内部生长着新的生产力和生产关系的萌芽,代表着资本主义关系萌芽状态的新兴的市民社会力量有了发展"[①]。"农民说"认为:"《红楼梦》所反映的社会,按其实质说来,还是封建制度子夜时期的社会,当时根本矛盾和根本问题只能是封建地主阶级和农民之间的矛盾","其中的进步的、革命的、人民的方面,只能是农

---

① 《红楼梦问题讨论集》三集,2页。

民以及以农民为首的劳动人民"①。

"市民说"认为:"从对于社会矛盾的深刻的揭露上,从对于反面人物的无情的批判上,从对正面人物的新的思想、新的性格及其对他们的热烈的歌颂上,都可以看出《红楼梦》的人民性是以带有前资本主义期的性质和色彩的近代民主思想为内容的。"② "农民说"认为:"就产生在这个时期中的文学作品的人民性而论,如果不是从农民以及以农民为首的劳动人民的革命的发动、革命的思想感情和愿望以及他们对于封建制度的憎恨、仇恨吸取源泉,那它就根本没有任何人民性可言。"③

"市民说"认为:"《红楼梦》反映了反对科举、反对礼教、反对等级、主张男女平等、主张婚姻自由和要求个性解放等进步思想……这些思想正是作为新兴的市民社会力量之反映的近代民主思想的主要内容,在以前的中国古典现实主义文学

---

① 《人民报》1959年11月29日第三版《对〈红楼梦〉研究问题的意见》。

② 《红楼梦问题讨论集》四集,94页。这篇文章主要赞成"市民说",但同时又说《红楼梦》也反映了农民和封建统治阶级之间的矛盾,和"农民说"并非完全对立。这里只是借用它的一些话来代表这一类的意见。以下有些引文也是这样。

③ 《人民日报》1954年11月29日第三版《对〈红楼梦〉研究问题的意见》。

作品中，这些思想是薄弱的，或者没有的。"①"农民说"认为："争取个性解放、婚姻自由的民主自由思想……在封建社会内，这也是农民以及以农民为首的劳动人民的思想。农民以及以农民为首的劳动人民的这种思想，一直是比资产阶级的这种思想要坚强得多，并且早就在许多文学作品和民间故事里提出来了。"②

"市民说"认为："正因为曹雪芹是站在新兴的市民阶级方面，并以先进的民主思想为指南认识现实，反映现实的，所以他能够无比深刻地揭露当时社会的各种矛盾。"③"农民说"认为：正是酝酿着起义的农民群众的革命情绪，"构成了曹雪芹深广的社会批判的主要动力"④。

"市民说"认为：《红楼梦》的"虚无主义和宿命论的色彩"是反映了"新兴市民社会力量的脆弱性和它的历史命运"⑤。"农民说"认为：这是反映了"农民的反抗"和"失

---

① 《红楼梦问题讨论集》四集，82页。
② 《人民日报》1954年11月29日第三版《对〈红楼梦〉研究问题的意见》。
③ 《红楼梦问题讨论集》四集，84页。
④ 《红楼梦问题讨论集》三集，143至144页。
⑤ 《红楼梦问题讨论集》三集，22页。

败"①。

我们说"市民说"是可怀疑的。那么"农民说"又怎样呢?

从我们所作的这些摘引就可以看出,"农民说"同样有许多牵强不妥之处。

没有问题,曹雪芹当时的社会的主要矛盾仍然是封建地主阶级和农民的矛盾。但为什么要把封建社会的人民的范围划得那样狭窄,好像只有农民以及以农民为首的劳动人民才是人民呢?为什么要把封建社会的文学作品的人民性也解释得那样狭窄,只能从农民以及以农民为首的劳动人民的"革命的发动、革命的思想感情和愿望以及他们对于封建制度的憎恨、仇恨"去吸取呢?而且说构成曹雪芹的创作的主要动力的还不是一般的农民的思想感情,而是正在酝酿着起义的农民群众的革命情绪,这又有什么根据?

同样没有问题,从《红楼梦》里面是可以看到曹雪芹对于农民的同情和好感的。秦可卿出殡的时候,贾宝玉路过一个村庄。农民常用的锹锸锄犁等物他都不认识。人家对他说明以后,他点头叹道:"怪道古人诗上说,'谁知盘中餐,粒粒皆辛苦',正为此也。"作者把刘姥姥写得健康而又忠厚。按照

---

① 《红楼梦问题讨论集》三集,144页。

作者的计划，贾府衰败以后，她还要成为援救巧姐的恩人。这都可以看出曹雪芹对于农民的态度。但《红楼梦》的主要内容并不在这些地方。我们在前面分析过的那些内容，都很难用什么正在酝酿着起义的农民群众的革命情绪来解释。就是对于刘姥姥，一方面是同情，另一方面也带着嘲笑。这仍然流露出来了他的阶级偏见。对于农民的反抗，他在第一回更这样写道："偏值近年水旱不收，鼠盗蜂起，无非抢田夺地，鼠窃狗偷，民不安生。"第七十九回的《姽婳词》也是称起义的农民为"流寇"为"贼"，而且歌颂了因为镇压农民而战死的恒王和他的姬妾。难道这样的话这样的诗也可以看作是正在酝酿着起义的农民群众的革命情绪的表现吗？

很显然，这样的"农民说"是既不能解释我国封建社会的文学的历史，也不能解释《红楼梦》的。

主张"农民说"的人还有这样一个根据：

> 俄罗斯革命民主主义艺术家车尔尼雪夫斯基认为："只有这种文学的倾向才能达到辉煌的荣誉，它是在有威力和重要的思想的影响下产生的，并且符合时代的迫切需要。""所有现代欧洲文学引以为荣的作家们，无例外地都是被那成为我们时代动力的一种精神所激动着的。……

反之，这些天才家，如其他们的作品里没有浸染着这种精神的话，那不是依然默默无闻，便是博得了一种决不令人欢喜的名声，因为他们并没有作出一部配享盛名的作品。"①那么，曹雪芹在其无情地批判本阶级罪恶的时候，已经通过自己头脑的"折光"，不自觉地或不完全自觉地被那成为"时代动力的一种精神"，无疑地也就是正在酝酿着起义的农民阶级的革命精神所浸染着，激动着。他在写《红楼梦》时已经没落到"贫穷难耐凄凉"，也就可能接近人民生活，从而获得革命精神的影响（具体过程还有待于进一步的探究）。既然曹雪芹无保留地揭露了地主阶级的罪恶，宣告了它的死刑，也就必然意味着，他是由下而上，从被剥削阶级，从身受其害者的角度来观察他们，否定他们的。正是农民群众的革命情绪，构成了曹雪芹深广的社会批判的主要动力。②

这里所引的车尔尼雪夫斯基的话见于《俄国文学果戈理时期概观》。对于译文的引用，我们有时候也是需要查对原书的。要

---

① 引用者原注："转引自谢尔宾纳著、曹庸译：《车尔尼雪夫斯基美学的主要特点》。"旁点为引用者所加。

② 《红楼梦问题讨论集》三集，143至144页。旁点为原文所有。

比较完全地看出这段话的意思的译文应该是这样:

> 只有那些在强大而蓬勃的思想底影响之下,只有能够满足时代底迫切要求的文学倾向,才能得到灿烂的发展。每一个时代都有它的历史的事业,都有它的特殊的追求。我们这时代的生活和光荣是由这两种彼此紧紧相连而又互相补充的追求构成的:人道精神和关于改善人类生活的关心。……凡是新的欧洲文学所赖以自豪的一切人——大家都受到这种推动我们时代的生活底追求所鼓舞,毫无例外。贝朗日、乔治·桑、海涅、狄更斯、萨克莱的作品,它们也是受到人道主义和改善人的命运的思想底启示。而那些在生活中没有贯穿着这些追求的有才能的人,他们或者默默无闻,或者得到的完全不是有利的名声,因此就创造不出什么值得称颂的光荣。[①]

读者们不要嘲笑和奇怪:"你怎么在论文里做起翻译的校正来了?难道你这篇论文还不够冗长吗?"我们在这里碰到的是一种很重要的现象,一个很典型的例子。这是值得花一点篇幅来

---

① 辛未艾译《车尔尼雪夫斯基论文学》上卷,548至549页。

评论一下的。我们在许多论文里面常常见到这样一种情形：它们的作者不是认真地去分析问题本身，不是对问题的各个方面去作必要的考察，这样来寻求问题的解决，却是引用了一些名人的话，就以之为根据、为前提来得出结论。这些被引用的话好像是最高法院的判决书，是不能上诉的。我们当然不能绝对地完全地否定引用前人的话。世界上从古至今的事情和问题是那样众多，我们不可能每一项都自己去从头研究一遍。而且马克思主义的经典作家们的著作都是以大量的材料为基础、经过了深思熟虑的科学的研究的结果。很多问题他们都已经解决。不充分地重视和利用他们的正确的结论就是不要理论的指导。然而这种以引用名人的话来代替自己的思考和研究的风气无论如何是很坏的。第一，世界上从古至今的名人很多，他们的话未必句句都正确。第二，即使他们的话是正确的，也未必和我们所碰到的问题完全适合。自然和社会都不断地在提供着新的问题，他们不可能预先知道今天的一切问题，给我们都准备好了答案。第三，即使他们的话是正确的，如果我们习惯于盲目引用，不肯多加思考，还有一种可能，就是我们的理解未必对。我们这里的例子就接近于第三种情况。车尔尼雪夫斯基所说的他那个时代的"追求"或"精神"本来是很广泛的，那就是明白地重复地说了的"人道主义和改善人的命运的思想"。

这种广泛的精神或思想其实曹雪芹也是有的。然而我们的引用者却好像不满足于这种说法,不知是有意还是无意,竟至把点明这个主要思想的句子删节去了①,硬在译文的"动力"二字上做文章,于是就得出正在酝酿着起义的农民群众的革命情绪构成了曹雪芹深广的社会批判的主要动力这种奇异的结论来了。尽管这种渺茫的说法在曹雪芹的传记材料和《红楼梦》里面都一点也找不到证明,也不要紧,因为这是根据车尔尼雪夫斯基的话!

读者们会说:"对,这是教条主义。"不但这样地运用车尔尼雪夫斯基的话是教条主义,而且用"农民说"来解释《红楼梦》,本身就是一种教条主义的表现。这些作者大概都记熟了"封建社会的主要矛盾是农民阶级与地主阶级的矛盾","在中国封建社会里,只有这种农民的阶级斗争、农民的起义和农民的战争才是历史发展的真正动力"这样一些结论。这些结论是用马克思主义的观点来研究中国的历史的结

---

① 引用者所根据的译文就略去了"我们这时代的生活和光荣是由这两种彼此紧紧相连而又互相补充的追求构成的:人道精神和关于改善人类生活的关心"这样一句话,但"贝朗日、乔治·桑、海涅、狄更斯、萨克莱的作品,它们也是受到人道主义和改善人的命运的思想的启示"这句话却是有的(只是文字上略有出入),不知为什么引用者也把它删去了。

果,当然是正确的。但这是就整个封建社会和它的历史来说。至于封建社会的文学家和文学作品,那却是情况非常复杂的,差异很大的,怎么能够都用这样的结论来解释呢?曹雪芹从封建官僚家庭出身,就是他破落以后,也还是和封建地主阶级的知识分子往来最多。他住在北京西郊。他当然可能和郊区的农民接触,但那也不会很多很深入。所以《红楼梦》里描写的主要还是他最熟悉的生活和人物,而关于农民和农民生活的描写却非常少。这样一个作家,他从哪里去接受正在酝酿着起义的农民阶级的革命精神革命情绪的影响呢?这样一部作品,又从哪里可以看出它反映了这种革命精神革命情绪呢?

用"市民说"来解释清初的思想家和《红楼梦》,其实也是一种教条主义的表现。这是搬运关于欧洲的历史的某些结论来解释中国的思想史和文学史。这些作者把清初看作欧洲的文艺复兴时期,因而对清初和稍后的许多著名的思想家和文学家都加以"新兴的市民"的代表的头衔。"中等阶级反对派"和"平民反对派",这是恩格斯在《德国农民战争》中对于当时德国的不同的市民集团的分析,现在也被用在清初和稍后的某些思想家身上了。其实中国的历史和欧洲的历史,中国的思想史文学史和欧洲的思想史文学史,是有很多具体的差异的。中国封建社会里没有欧洲中世纪那种市民当权的城市。中国历史上也找不出和文艺复兴相当的那样一个历史时期。如果不是牵强附会地而是客观地去观察清初和稍后的思想和文学的状况，很容易看出它们和欧洲文艺复兴时期的思想和文学的面貌实在大不相同。为什么清代那些杰出的思想家的思想，只能以资本主义萌芽和"新兴的市民"为它们的社会基础呢？难道从中国封建社会发展到它的末期、它的各种矛盾日益尖锐化这一总的原因以及明王朝的崩溃和灭亡、满民族的入侵和压迫、宋明理学及其流弊所引起的不满和反对等具体的原因，就不可以得到解释吗？这些思想家的思想，有的表现为强调"夷狄华夏之大防"或"保天下者，匹夫之贱与有责焉"；有的表现为针对封建统治，特别是针对明朝的统治的各种积弊和问题，提出了一些积极的带有民主性的政治主张或仅仅是企图加以补救的改良的办法；有的表现为对宋明理学整个的否定或部分的修正，或仅仅是提出了对它们的流弊的反对和批评——我看都是和这些原因很有关系的。所以我说，在不同的方面、不同的程度上，他们的思想和学说的某些部分是反映了当时的人民的要求，然而又不能简单地把它们归结为只是代表市民，尤其不能归结为只是代表所谓"新兴的市民"。清代出现了《儒林外史》《红楼梦》这样一些小说，也未始不可以从这里去得到解释：中国封建社会发展到它的末期，它的黑暗和腐败日益显露，必然要激起广大的人民以及一部分从封建统治阶级内部分化出来的知识分子的不满和反对，而长期存在的民主性的思想传统和现实主义的文学传统，包括最初是从市民社会生长起来的白话小说的传统，也必然要在这样社会条件下发展，而且这种发展必然要在文学上得到新的杰出的表现。这样的解释虽然是很粗略的，虽然还并不是深入的研究的结果而仅仅是凭我们现有的一般的知识提出来的，也比简单的直接的"市民说"更为合理，更为符合这些作品的客观面貌。

用"农民说"或"市民说"来解释《红楼梦》的同志们，总的理由其实不外乎是这样一个：它对封建地主阶级和许多封建制度都作了深刻的批判。农民和市民当然都是有反封建的要求的。但对封建主义怀抱不满的人并不限于农民和市民。中国的思想史和文学史都告诉我们，从封建统治阶级的知识分子当中常常分化出一些不满分子和有叛逆性的人物来。《红楼梦》里面所描写的那些丫头，她们的身份既不是农民，也不是市民，然而我们却不能因此就把她们排斥在封建社会的人民范围之外，而且不能不承认她们也有反封建的要求。所以对封建秩序封建主义怀抱不满是封建社会的被压迫的广大人民所共有的，甚至在封建统治阶级内部也可以出现一部分这样的分子。而且这些分子很熟悉他们所出身的封建统治阶级的生活和人物，很了解那种生活的腐败和那些人物的灵魂，再加上他们有高度的文化修养，包括文学修养，因而从他们当中就可以产生出一些深刻地批判封建社会的现实主义的作家。吴敬梓和曹雪芹都是这样的作家。我们怎么能够因为《红楼梦》深刻地批判了封建统治阶级和许多封建制度，就断定它的作者是站在农民的立场上或者市民的立场上呢？何况还不是一般的农民、一般的市民，而是正在酝酿着起义的农民或代表资本主义萌芽的市民？像《水浒》，那的确主要是反映了农民的革命情绪的。它不但以农民起义为题材，而且对农民起义和农民领袖是那样同情、那样赞扬，对造成农民起义的封建统治和镇压农民起义的封建官僚充满了火一样的憎恨。像宋元明的话本和拟话本，那也的确是大量地反映了市民的生活和思想的。它们把商人和手工业者作为小说中的正面人物和主人公，这在中国文学史上是一个很重要的新的变化。而且例如《卖油郎独占花魁》和《迭居奇程客得助，三救厄海神显灵》①那样的作品，或者对男女爱情有它的特别的看法，提倡什么"帮衬"，说"只有会帮衬的最讨便宜"，或者对于海神也幻想她化做美女来和商人同居，帮助他囤积居奇，获得暴利，那就的确只能用市民思想

---

① 见《醒世恒言》和《二刻拍案惊奇》。

来解释了。从《红楼梦》的主要内容却找不出这种特别的色彩。《红楼梦》的全部内容所表现出来的作者的思想都可以用这样一句话来概括,而且这种概括要比"农民说"和"市民说"自然得多、合情合理得多:它的作者的基本立场是封建地主阶级的叛逆者的立场,他的思想里面同时也反映了一些人民的观点。前者是和人民相通的;后者是直接地或间接地受到了人民的影响。曹雪芹在他少年时代的繁华生活里,可以遇到类似晴雯和鸳鸯那样的丫头,类似焦大那样的老仆人,类似刘姥姥那样的穷亲戚;在他坠入困顿以后,就更可能同城市和郊区的人民有些接触。这就是直接的影响。他所继承的以前的富有民主性的思想传统和富有人民性的文学传统,其中必然也包含有人民的思想和观点。这就是间接的影响。封建社会的人民自然主要是农民和市民,但不能缩小到只是农民或只是市民,尤其不能缩小到只是正在酝酿着起义的农民或只是代表资本主义萌芽的市民。文学理论上的人民性这个术语有存在之必要,正是因为有许多作品都并不能用这种狭隘的简单的"农民说"或"市民说"来解释。

应该说明,用"市民说"来解释我国封建社会的某些文学现象,是比较"农民说"更为流行的。不仅对于清代的一些杰出的作品,而且还有作者认为现实主义的产生和资本主义的出现分不开,认为中国从南宋以后,在封建社会中就孕育着资本主义的萌芽,就从市民中间产生了话本,所以中国的现实主义的历史开始于南宋,即第十一到十二世纪,而不会更早[1]。这些看法涉及文学这种上层建筑和基础的关系这一根本理论问题。虽然马克思、恩格斯一直是把文学、哲学这一类"更高地飘浮在空中"的意识形态和政治、法律加以区别,明确地指出过艺术的某些繁荣时代并不和社会的一般发展相适应,经济对于文学、哲学的最后决定作用大半是间接的,而且对于这些意识形态的本身的传统不可忽视,但我们有些作者仍然常常把文学、哲学这一类上层建筑和基础的关系看得那样简单、那样直接、那样机械。正是由于这种机械的观点,他们才局限于用资本主义萌芽和新兴市民的思想来解释《红楼梦》和清代的那些思想家,不愿考虑产生它和他们的更为复杂也更为符合实际的社会根源;而且甚至对同资本主义萌芽和市民本来没有什么必然的关系的中国文学史上的现实主义的形成问题,也不能不借助于这种流行的对于马克思主义的误解了。

做过实际工作的人都会有这样的体会,我们在工作中努力

---

[1] 姚雪垠《现实主义问题讨论中的一点质疑》,《文艺报》1956年第21号。

了解客观的情况，努力使我们主观的认识和客观的情况相符合，还常常有犯主观主义的错误的可能。如果我们看问题本来就主观片面或者本来就有教条主义的倾向，那就更不用说了。学术工作也是如此。我国的学术有许多很可宝贵的优良的传统，但牵强附会的传统也是很古老的，是从汉朝起就大量存在的。这种老的牵强附会再加上新的教条主义，学术工作中的主观主义现象就显得相当普遍了。这种主观主义不克服，我们的学术水平是很难提高的。

十三、高鹗续书

我们在前面分析的是曹雪芹的八十回的《红楼梦》。对于高鹗所续的后四十回，只是偶尔涉及，并没有把它放在一起来评论。这是不得不如此的。我们对曹雪芹的《红楼梦》给予了最高的赞扬，称它为伟大的不朽的作品，称它为我国小说艺术成就的最高峰。如果把这样的评语用在高鹗的续书上，那就很不适当了。

后四十回还没有确定为高鹗所续的时候，早就有人对它深为不满了。清代的一位距曹雪芹并不太后的作者说："此四十回全以前八十回中人名事务，苟且敷衍。若草草看去，颇似一色笔墨，细考其用意不佳，多煞风景之处。故知曹雪芹万万不出此下下也。"他又说："且其中又无若前八十回中佳趣，令人爱不释手处。诚所谓一善俱无，诸恶俱具之物！"①

在关于《红楼梦》问题的讨论中有这样的意见："胡适和俞平伯从他们的考证观点出发，拦腰一锯，把一部完整的《红楼梦》锯为前后两橛。他们对八十回以后的四十回，采取深恶痛绝的否定态度。"②其实这是不完全符合实际的。胡适根据俞樾的《小浮梅闲话》，说后四十回为高鹗所作。但他并没有对后四十回采取深恶痛绝的否定态度。他说后四十回"虽然比不上前八十回，也确然有不可埋没的好处"。他还说里面有不少部分"都是很有精彩的小品文字"，而且佩服高鹗"作一个大悲剧的结束，打破中国小说的团圆迷信"。俞平伯先生倒的确是对后四十回作了更多的贬责。在这一点上，是不是胡适的看法比俞平伯先生高明呢？我看是不然的。俞平伯先生和我们在上面引过他的话的那位清代的作者有相似之处，虽然他们对于后四十回的评价并不完全恰当，而且某些具体的意见还表现出来了他们的观点的错误，但他们有一种艺术欣赏能力，他们直觉地感到了后四十回的艺术上的拙劣。这种艺术欣赏能力正

---

① 裕瑞《枣窗闲笔》。周汝昌《红楼梦新证》说，根据《玉牒宗室谱》稿本，"知道裕瑞生于乾隆三十六年，去曹雪芹之卒（二十八年）才仅仅八年而已"。

② 《红楼梦问题讨论集》一集，210页。

是胡适所缺乏的①。

高鹗的最大的贡献在于他的续书帮助了曹雪芹的原著的流传。如果没有一百二十回本的出版,《红楼梦》未必很快地就发生那样大的影响。这还不仅仅是活字本和钞本的差异问题。就是把前八十回排印出来,许多情节和人物都没有结局,特别是贾宝玉和林黛玉的爱情故事没有结局,一定是不像一个有头有尾的故事那样容易被广大的读者接受的。

当然,续书和原著印在一起,能够为广大的读者所接受,也有它本身的原因。绝大多数情节都和前八十回大致接得上。贾宝玉和林黛玉的爱情故事不但保存了悲剧的结局,而且总的说来也还写得动人。有些片段也还写得较好。比如宝玉娶宝钗

---

① 在《没有批评就不能前进》一文中,我对俞平伯先生的《红楼梦辨》除了批评其错误而外,还写了这样一句肯定的话:"列举更多的理由来证明后四十回确系续书,说明高鹗的'利禄熏心'的思想和曹雪芹不同,指出艺术性方面远不如原书,但仍肯定其保存悲剧的结局,这是《红楼梦辨》的可取部分。"李希凡同志在《俞平伯先生怎样评价了〈红楼梦〉后四十回续本》中说这"是简单化了的评价","在客观上,起着帮助俞平伯先生贬低后四十回续本的作用"。我那句话并不是随便写的。这里以及后面的看法都是我写那句话的一些根据。虽然俞平伯先生对于《红楼梦》后四十回的贬责许多地方是和他的观点有联系的,一个人的艺术欣赏能力也不可能离开他的观点而独立存在,但如果加以分析,我们仍可以看出,有些地方的确是对于后四十回的艺术方面的不满。

那一段，虽然未必曹雪芹也会那样写，高鹗的构思还是不错的。又比如夏金桂放泼、贾政做官和袭人改嫁等片段都写得符合这些人物的性格，而且也比较生动。这都是后四十回的可以肯定之处。

然而曹雪芹没有能够写完《红楼梦》，却无论如何是一件天地间的恨事。如果我们读文学作品不满足于只是读情节，不满足于只是某些片段还可读，不满足于常常要读到一些平庸的甚至拙劣的描写，我们就不能不感到后四十回实在太配不上原著了。俞平伯先生曾说凡书都不能续，并非高鹗才短。《红楼梦》的续书要写得和前八十回一样好，或许是不可能的。但比高鹗写得更可读，更有文学的意味，更符合曹雪芹的原意，那却不一定不可能做到。如果有那样的有才华的作者，他愿意去做这件事情，像写历史小说一样依据曹雪芹的计划和自己的想象去加以重写或改写，高鹗的续书我看还是可以"取而代之"的。

正如前八十回的艺术上的精彩之处多到不可胜数，要一一指出只有用过去的评点的办法一样，后四十回的缺点和败笔也是可以逐回批注，批它一二百处的。在这篇论文里不可能这样做。我们只能概括地简单地作一点说明。

关于高鹗的思想，有这样一种说法："高鹗和曹雪芹的思想基本上是一致的，同属进步方面"；"即使最后布置了一个'兰桂重芳',暴露了高鹗思想上的弱点,但这弱点,也是由于历史的限制,不得不然。即使在曹雪芹思想上,也未必没有这种弱点。"①但后四十回的内容是直接反对这种高曹思想基本一致论的。诚然,在宝玉和黛玉的爱情故事上,高鹗保存了曹雪芹原来的计划中的悲剧的结局。这是他的续书能够附原著以流传的根本原因。然而在贾府的衰败这另一重大情节上,高鹗却并未打破大团圆的老套,却直接违背了曹雪芹的原意,因而大大地削弱了整个故事的悲剧气氛。贾府抄家不抄全家,只抄贾赦一房。贾政仍然承袭荣国公世职。到了后来,连贾赦也完全免了罪名,贾珍也仍袭宁国公世职,所抄家产全行偿还。最后的结局是"荣宁两府善者修德,恶者悔祸,将来兰桂齐芳,家道复初"。这样,由曹雪芹所已经描写的和尚未写完的宝黛悲剧,由他在前八十回所作的种种有力的批判和揭露所展开的封建社会的巨大的深刻的裂痕,就由高鹗的手把它勉强捏合起来了。而且高鹗把宝玉的结局写成不但"高魁贵子"(就是这四个字就显出了高鹗是多么封建、多么庸俗),还加上成了佛,又被皇帝赏了一个文妙真人的道号。在高鹗看来,这大概也可以心满意足了,就是说这也是一种团圆的结

---

① 《红楼梦问题讨论集》三集,109页。

局，剩下的苦命人不过是林黛玉一人而已。高鹗在最后把点明真事已经隐去的甄士隐这样一个人物忽然又拉出来，而且强迫他讲了这样几句话：

> 贵族之女，俱属从情天孽海而来。大凡古今女子，那淫字固不可犯，只这情字也是沾染不得的。所以崔莺苏小，无非仙子尘心；宋玉相如，大是文人口孽。凡是情思缠绵的，那结果就不可问了。

这不但是责备敢于触犯封建礼教的林黛玉，说她的不幸是咎由自取，而且对敢于描写儿女之真情的曹雪芹，也是加以口诛笔伐了。还能说高鹗、曹雪芹的思想是基本上一致吗？

由于他有这种封建的庸俗的思想以及其他原因，高鹗在后四十回中就把有些人物写得不符合或不完全符合原来的性格。宝玉对黛玉说："我想琴虽是清高之品，却不是好东西。从没有弹琴的弹出富贵寿考来的，只有弹出忧思怨乱来的。"探春出嫁的时候，宝玉先很悲伤。后来探春对他说了一些"纲常大体"的话，他便"转悲作喜"。宝玉不但去应科举，而且那样重视"举人"，和王夫人告别的时候居然说："母亲生我一世，我也无可答报，只有这一入场，用心作了文章，好好的中

十三、高鹗续书

个举人出来,那时太太喜欢喜欢,便是儿子一辈的事也完了,一辈子的不好也都遮过去了。"这和曹雪芹所写的贾宝玉不是显然不同吗?有些作者连宝玉中举这种十分违背曹雪芹的原意的谬误也强为辩护,说是宝玉"在矛盾中对科举制度嘲笑般的消极抵抗",说是"一种反抗形式",而且"对'读书上进'的禄蠹们说""倒又是一记响亮的耳光"①。这实在只能说是一种奇谈了。高鹗还把他自己对八股文的看法硬加在黛玉头上。黛玉有一次居然对宝玉这样说:八股文中"也有近情近理的,清微淡远的","不可一概抹倒;况且你要取功名,这个也清贵些"。这一次高鹗倒没有忘记宝玉是很鄙视八股文的,所以他接着写道:"宝玉听到这里,觉得不甚入耳。因想黛玉从来不是这样人,怎么也这样势欲熏心起来?"真的,黛玉怎么也这样势欲熏心起来?这只有高鹗自己才能回答了。在前八十回中,妙玉是一个非常孤僻矫情的人。到了高鹗的笔下,妙玉竟至听说贾母偶有微恙,便特别赶到贾母床前来请安。请安以后,还和王夫人和惜春都说了一阵不相干的闲话。大某山民加评本上有这样一句评语:"何套话如此之多?"妙玉怎么也这样势欲熏心起来?这也只有高鹗自己才能回答了。

---

① 《红楼梦问题讨论集》一集,222页和四集,171至172页。

我们曾说，像生活本身那样丰富、复杂，而且浑然天成，这是曹雪芹的《红楼梦》的一个总的艺术特色。我们又曾说，在曹雪芹的《红楼梦》里面，无论是日常生活的描写还是大场面的描写都洋溢着生活的兴味，而且揭露了生活的秘密。在这一点上高鹗的续书刚好相反。这是后四十回在艺术上的一个非常突出的根本弱点。连我们前面提到的那位清代的作者也早就感到了，他说它"全以前八十回中人名事务，苟且敷衍"，"且其中又无若前八十回中佳趣，令人爱不释手处"。俞平伯先生说，顾颉刚先生最初是很赏识高鹗的。他的理由是"凡是末四十回的事情，在八十回都能找到他的线索"。俞平伯先生的看法却不同。他说，"我总觉得后四十回只是一本账簿。即使处处有依据，也至多不过是很精细的账簿而已。"[①]后四十回在艺术上的根本弱点正在于它常常模仿和重复前八十回的情节而缺少生活内容。八十回以后进入贾府的大衰败、宝黛悲剧的高潮以及贾府大衰败以后众多人物的遭遇和结局这样一些情节的描写，应该有多少新的生活内容，多少动人的事件和场面呵！如果在天才的曹雪芹的手中，那将描写得多么丰富多彩，多么紧紧地吸引住读者的全部的心灵！然而高

---

① 《红楼梦研究》，16、31页。

鹗的续书，除了很少一些片段较有生活的味道而外，绝大部分都是写得那样贫乏，那样枯燥无味，那样永不厌倦地而且常常是拙劣地去模仿和重复前八十回的情节。这种模仿和重复实在太多了，如果一条一条地写出，我们这篇论文的这一部分也就会变成一本账簿。随便举几个例子吧。第八十三回，贾母入宫去看元春。元春含泪说："父女兄弟反不如小家子得以常常亲近。"这是照抄第十八回元春省亲时对贾政讲的话，不过把文言改写为白话而已。连"含泪"二字都是原来有的。第八十八回，贾芸在重阳时候买了些时新绣货，来走凤姐的门子，求凤姐在贾政跟前提一提，要贾政派他办一两种工程。这是模仿第二十四回端阳节前贾芸买了些冰片麝香来求凤姐派他办贾府的差事。但香料是端阳节要用的，绣货和重阳何干？而且要凤姐这种年轻的媳妇去在叔公公面前替人求差事，也很不合情理。第九十一回至第九十二回之间，袭人派秋纹到黛玉处去叫宝玉，秋纹诳称是贾政叫他，吓得他连忙起身。这种细节也是从第二十六回薛蟠逼着焙茗用贾政之名去叫他那一段抄袭来的。薛蟠是一个混人，他可以这样胡闹。秋纹凭什么要这样吓宝玉呢？连庄头、焦大、倪二这些并不重要的人物也要重复地写他们一遍。薛蟠要再打死一次人。凤姐要再办一次丧事。写得最拙劣不堪的是宝玉要重游一次太虚幻境，再看一次金陵十二钗正副册。而且"太虚幻境"居然改为"真如福地",宫门上的"孽海情天"四字居然改为"福善祸淫",牌坊上的对联"假做真时真亦假,无为有处有还无"也被改为直接和曹雪芹作对的"假去真来真胜假,无原有是有非无",这种地方只能说是对于曹雪芹的《红楼梦》的糟蹋了。

第一百○四回贾宝玉说他"一点灵机都没有了"。用这句话来作为后四十回的绝大部分的评语倒是很适合的。第八十七回黛玉吃饭的时候,吃的是"一碗火肉白菜汤,加了一点虾米儿,一点江米粥",还有"五香大头菜,拌些麻油醋",这已写得和贾府那种生活很不相称了。但黛玉居然还称赞它们"味儿还好,且是干净",好像她很馋的样子。第九十二回,外国来的洋货不但有围屏,而且上面雕刻的景物居然是"汉宫春晓"。第一百○八回,薛宝钗过生日,贾母见大家都不是往常的样子,她着急道:"你们到底是怎么着?大家高兴些才好。"湘云道:"我们又吃又喝,还要怎样?"我们读到诸如此类不合理或者拙劣的地方,实在不能不失笑了。至于求签占卦、闹鬼见怪,这类关于迷信的描写层出不穷,也是高鹗的续书的败笔。

曹雪芹的前八十回并不是没有缺点和漏洞,然而它写得太好了,这些小小的缺点和漏洞完全无损于整个放射着天才的光辉的宏伟的建筑。高鹗的后四十回并不是没有一些可以肯定之处，然而弱点和败笔却太多了，而且它们常常关联到作品的思想和艺术的一些根本方面。

总起来说，后四十回就是这样：它保存了宝黛悲剧的结局，这是它的最大的优点，但另外有些部分的思想内容却违背了曹雪芹的原意；在艺术的描写方面，除了有些片段还写得较好或可以过得去而外，绝大部分都经不住细读。所以它虽然能够以它的某些情节某些部分来吸引读者，在艺术欣赏上要求较高的人读完以后还是会感到不满。所以它的作用一方面是帮助了前八十回的流传，另一方面却又反过来鲜明地衬托出曹雪芹的原著的不可企及。曹雪芹的《红楼梦》是我国小说艺术成就的最高峰，是我们至今还不曾充分认识的小说艺术的宝库。我们今天的作家要克服许多艺术上的弱点，都可以从它取得有力的辅助。从高鹗续的后四十回我们也可以得出这样的结论：一个要求自己很严格的作家应该不满足于他的作品仅仅有较好的题材和情节，不满足于仅仅有某些部分还写得可读，不满足于仅仅依靠题材、情节和这些可读的部分在读者中间获得的成功，还必须努力去创造出思想性和艺术性都更高也更统一的作品。

1956年8月至9月初写成前八节

10月至11月20日续写完

答关于《红楼梦》的一些问题

元妃省亲（1984年7月）

元妃省亲(线描)

迎春读书（1984年）

迎春读书（线描）

探春咏白海棠

探春咏白海棠(线描)

惜春作画(未完稿,1985年)

惜春作画(线描)

我从1954年11月起着手研究《红楼梦》，但真正花在里面的时间只有十五个月。在这段时期里，花了不少时间去写市民问题，读了不少有关清初思想家方面的书，可是不能解决什么大问题，所以在我的文章里只写了几千字。后来又读了历史学界的关于资本主义萌芽的论文，又费了一个多月的时间，而在论文中只占了三行半。因此就产生了一个很大的弱点，即对《红楼梦》本身研究得不深入。

讨论我的论文时，会上主张"市民说"的同志有的没有来，或者来了没有展开争论。大家对我对薛宝钗的看法不同意，这我准备在发表时稍为修改一下。有人认为我对后四十回的评价过低。还有人指出对薛宝钗没有分析到她的心灵。可能我对妇女的形象分析得比较粗糙，但到目前为止的认识，也只能达到这样的程度。同志们读了文章后提出了一些问题，也说明我的文章有些问题没有深入，还有些问题虽已涉及但没有讲清楚。所以今天再来讲一次，不可能比原来的文章谈得更深，只是作些说明，以回答同志们提出的问题。

一、关于《红楼梦》的某些人物及关于典型的问题

有同志认为,把宝玉、黛玉说成是叛逆性的典型的说服力不够,因为从他们性格上感受到的封建的习气更多,对宝玉的花花公子的印象更深。

这确实是《红楼梦》讨论中的一个问题,有的同志强调他们的反抗性;也有同志强调他们的弱点,说宝玉身上有没落阶级的污浊的颓废的气氛。我认为宝玉有些不好的地方,但用污浊、颓废等字眼似乎太重。据我记得有些同志对宝玉不满和非难,大概不外乎这三个方面:1. 爱情不专一,对黛玉、晴雯的爱,跟花袭人的关系等。2. 同秦钟、蒋玉菡等的关系不正常。3. 踢过花袭人,待他的奶妈李嬷嬷不好。我不否认宝玉身上有些东西是不好的,但我们应该从他的历史和阶级出身去看。如果宝玉是今天的中学生,当然毛病很多,不然就不能以今天的共产主义道德的标准去要求他,他不是今天工人阶级的

子弟,他是清初封建社会的贵族家庭里的子弟,这是基本的关键。正因为如此,在我的文章中没有苛刻地讲这些消极落后的东西。

可以设想,生长在封建贵族大家庭里的一个十四五岁的公子哥儿,上面那些事情对他说起来,不算什么特别不好,我们能举出的罪状也只有这么几条。而反过来另一方面,他有很多优点,叛逆性就是其中之一。所以我们应该公平看待,不能说他是污浊和颓废。从他的家庭、时代和阶级来看,我认为他是一个很纯洁的有理想的少年人。在《红楼梦》中,公子哥儿和丫头发生关系简直是合法的,但全书中正面描写与宝玉发生关系的只花袭人一人,其他的如和晴雯等的感情,都是非常纯洁的。至于对女性爱情的专一,虽然不能符合像现在那样的要求,但也不是乱七八糟的。对于秦钟和蒋玉菡,我们不能以道学家的眼光看,大概宝玉自己漂亮,对于男性中长得好看的人也就比较容易互相投合,何况书中也没有写他们有什么特别不好的关系。我们知道蒋玉菡是唱小旦的,小旦是被当时的大人老爷们玩弄的,而宝玉则只有同情他。说宝玉发脾气,踢花袭人,讨厌奶妈。我认为公子哥儿如果完全不发脾气,那《红楼梦》就不是现实主义而成了反现实主义了。问题是打丫头、发脾气是不是主要的和经常的。再说那个奶妈本来就讨厌，成天啰啰唆唆的惹人麻烦。总之，对生活不能看得太简单，不能以今天的理想人物来要求宝玉。我们承认宝玉带有封建思想和公子哥儿的习气，但这是次要的；应该看他主要的一面。所以加上"花花公子"的头衔是不恰当的。

另一方面，我们不能不承认宝玉的叛逆性和反抗性是突出的。我的文章里面对于他们的叛逆性和反抗性说得不充分，因为在《红楼梦》的讨论中，已有很多同志指出过，为了避免和已经发表过的文章重复，所以只写了几句：

> 他对于一系列的封建制度都不满和反对。他反对科举、八股文和做官。他违背封建社会的男尊女卑和严格的等级制度。他讨厌封建礼法和家庭的束缚。他把四书以外的许多书都加以焚毁，那当然包括许多封建统治阶级极力提倡的著作。这样一个大胆的多方面的并且不知悔改的叛逆者，是不能得到赦免的。（《论〈红楼梦〉》，11页）

这些话都是有根据的，《红楼梦》第三回有一首《西江月》形容宝玉，其中有"潦倒不通庶务，愚顽怕读文章"，这里的所谓文章，就是八股文以及那些讲经济的著作，宝玉就是不爱读。十九回从花袭人的嘴里说出了宝玉平时说的话：

> 凡读书上进的人，你就起个外号儿，叫人家"禄蠹"；又说：只除了什么"明明德"外就没书了，都是前人自己混编纂出来的。

这些话是非常大胆的。他否定了他的阶级所规定的道路，这是了不起的，也是非常不容易的。我们不是从无产阶级出身，我们参加了革命，也就是否定了资产阶级教育所给我们规定的道路。宝玉否定自己阶级所规定的道路，只是没有新的革命可以参加。可以设想一下，在我们没有接受马列主义以前，我们是否敢把社会上公认为权威的东西否认掉？比如对胡适这样的"权威"，事实上是不敢否定的。我小时候念私塾，也否定不了"四书五经"。宝玉敢说"除'明明德'外就没书了"，把当时推崇的像朱熹的著作都否定了，这是了不起的。在这里，可能有作者自己的思想加在这个少年身上，十几岁的孩子说这样大胆的话，多少有点夸张和浪漫主义的手法。第三十二回史湘云劝宝玉"也该常会会这些为官作宦的，谈讲谈讲那些仕途经济"，（这里的"经济"相当于现在的政治的意思）这引起了宝玉很大的不满，说"姑娘请别的屋里坐坐吧，我这里仔细腌臜了你这样知经济的人！"还有一次薛宝钗和花袭人劝宝玉，宝玉置之不理，撤身走开。从这些说明宝玉对封建社会规定的道路否定得多么坚决。

宝玉厌恶那一套封建礼法，三十六回中说："那宝玉素日本懒与士大夫诸男人接近，又最厌峨冠礼服贺吊往还等事。"宝玉常抱怨自己的生活，感到行动不便，虽然有钱，但不由自己使。七十三回中宝玉把八股文骂了一顿："更有时文八股一道，因平素深恶，说这原非圣贤之制撰，焉能阐发圣贤之奥，不过是后人饵名钓禄之阶。"所以宝玉把除了"四书"以外的书都否定。宝玉不尊男卑女，没有那种严格的等级观念，家里的小丫头背后说他没有男人的刚性。

以上这些，在过去的文章中都引用过，所以我只写了三行半，这里面每一句话都有根据，缺点是为了避免重复而没有加以发挥。

有人说宝玉是"情痴情种"，这也是有叛逆性的，除了少年男女互相爱好的原因外，它表现了对礼教的叛逆，对男尊女卑制度的违背，对奴隶身份的少女的同情，对他自己的家庭和阶级的失望，都有着一定的叛逆性的成分。因为我的文章在这些方面没有很好的发挥，所以同志们感到说服力不够，但不能因此就说他没有叛逆性。

有同志对林黛玉也有意见。我们应该承认黛玉比宝玉要差一点。她是一个封建贵族家庭的女孩子,她受封建主义的束缚更深一些,所以她不能像宝玉那样可以更大胆地对封建制度表示不满。我们得承认她有叛逆性,是因为一,她同情和支持宝玉的一套,这种支持和同情也是不简单的。其次,她本身也有一些表现,这些表现就是她不像封建社会所要求一个妇女那样的规规矩矩,那样的没有感情,那样的去讨人家的好,不像宝钗那样端重和平按照封建道德行事。也因为如此,黛玉就遭人嫉视,怪她小心眼儿多,嘴巴子厉害。她还触犯了当时的礼教,对宝玉表示了曲曲折折的爱情。对于黛玉,我们不能要求书中写她对科举、仕途经济、喜吊往来等等都有明确的看法,她和宝玉不同,她所表现的叛逆性不能像宝玉那样的多而明显。但是她支持宝玉,她敢于曲折地表现她的爱情,这在封建社会里简直是大逆不道的。三十二回宝玉误将袭人当作黛玉说出心里话时,袭人竟吓得发呆。所以黛玉与宝玉是有一定的区别的,但我们得承认她有叛逆性。在当时的环境下,黛玉也只能表现到这样的程度。归纳起来她的叛逆性有三点:一,敢于表现爱情;二,支持宝玉的思想和行动;三,自身许多方面不遵守封建社会给妇女规定的道德。

有些同志对黛玉是有非难的，比如说她有病态，其实这不能怨她本人，一方面她身上还有封建主义的东西，还有苦恼，病态并不是由她自己起的，而是决定于她的时代、阶级和生活环境。又如把黛玉的"多愁善感"也说成是她的罪状，有位教授说她身上有颓废的东西，大概就是指的这些。其实在那个时代如果说一点儿愁都没有，那是不可能的，一个人遭遇不幸，因而感到悲伤，是应该与颓废有所区别的。

关于宝玉、黛玉的叛逆性问题，说到这儿为止。

同志们希望我分析一下宝玉、黛玉、宝钗三人之间的微妙的性格冲突。在这方面，我的文章没有深入发挥，没有详细地写他们三人之间的关系，但现在要我讲，还是讲不出什么"微妙"来，因为研究不够，只能粗糙地说明一下。

从荣府的正统思想和对封建社会不满这两方面来说，应该说他们是站在两边的，是两个壁垒，宝钗同王夫人、花袭人等是一个立场。但对于封建正统思想的排斥，黛玉还不能像宝玉那样的严格，比如她在行酒令的时候说了《牡丹亭》和《西厢记》中的句子，宝钗长篇大论地教训了她一顿，说得黛玉"低头吃茶，心中暗服"。这说明黛玉并不像现在有些人所说的那样"具有浓厚解放思想"。

有的同志说，薛宝钗和宝玉没有一点爱情，她完全是在同黛玉争宝玉。这样的说法是不符书中的描写的，也是不符一个十五六岁的少女的感情的。宝钗是个少女，平时也难见到其他的男孩子，不能说她对宝玉毫无爱慕之心。不过她的喜欢宝玉是尽可能不违犯封建道德，所以黛玉的吃醋吵嘴是有根据的，他们之间有相爱的成分。只是后来宝玉更明确宝钗跟他的思想不一致，而黛玉和他意气相投，所以专心地倾向黛玉。不过我们也不能简单地把他们看成是三角恋爱。作者在四十二回后写黛、钗二人的关系接近起来，这是写得非常深刻的。这样一写，就可以看出《红楼梦》不是在写三角恋爱，不是写宝钗的奸险和用手段夺取宝玉，而是写的制度问题。当然，否认宝钗一点城府都没有也是不对的，我们承认她有矫揉造作之处，但不能因此就说宝玉、黛玉的悲剧是由于她的破坏而造成，不然就会贬低作品的价值。作者在开始时就指出他反对公式化的东西，像一般才子佳人小说那样，一定要有个小人"拨乱其间"，使得好事多磨，所以作者没有把宝钗写成为奸险小人。也因为如此，尽管四十二回后钗、黛二人接近了，但宝玉、黛玉的悲剧并没有因而避免。问题是在那样的封建家庭里，像黛玉那样的性格，就是不能中贾母、王夫人的意，而宝钗的性格则是适合的，这是封建思想在起作用。这里面也表现了他们之间的复杂的关系。

另外有人指出，宝钗在贾府的地位是有利的，她是王夫人的内侄女，同凤姐也是亲戚，这我们也承认。我们知道写小说的人为了造成情节的发展，会在书中设下许多条件，这些条件有根本的，也有次要的，虽然次要条件也起作用。从宝钗与王夫人、凤姐的关系来讲，不能算是根本条件；根本条件在于宝钗本身符合封建社会的要求。不然的话，黛玉是贾母的外孙女儿，比起宝钗，对王夫人说是远了一点，对贾母则只有更近，而贾母还是荣府最高的统治者。所以问题不决定在有亲戚关系，而决定在宝钗的符合封建道德所要求的稳重和平的性格，决定在这样的性格为贾母等所喜爱。我想要讲他们几个人的关系是不是就是这些，至于同志们所说的"微妙"关系那就不知道是指什么了。

可能同志们要问：为什么宝钗后来要同黛玉接近？我认为这不是什么阴谋，她是希望黛玉按照封建社会规定的道路去走的，她不但规劝黛玉，对于史湘云也是如此，她深信封建道德给妇女所规定的那一套东西，而且黛玉也接受。有位教授认为宝钗劝黛玉吃燕窝是蓄意害她，让她向贾府要时遭贾府人的厌，后来黛玉没有中计，宝钗只好自己送，反而赔了本。还有他认为宝钗的金锁是假造的，目的在配宝玉的"宝玉"，总之他把宝钗看得坏极了。这样的看法是有偏差的，甚至近乎幻想，好像不是曹雪芹写的小说，而是他写的了。

与典型问题有关的问题有二，我们分开来说。

有同志认为贾宝玉、林黛玉的性格，从《红楼梦》的描写来看，好像生来就有叛逆性似的，我们是否需要探讨形成这种叛逆性的原因及其历史根源？如果需要，它们是什么？这个问题在我的文章中接触得比较少。首先要指出一点，文学作品中的人物性格，有的是发展的，有的是不发展的，现在的看法好像人物性格一定要发展，事实上不应该如此。关于这，同志们可以参阅一九五六年《哲学译丛》第三期的车尔尼雪夫斯基的《典型性问题》一文，车尔尼雪夫斯基指出文学作品中的人物性格，有的发展变化很大，有的发展变化很小。他列举了许多例子，证明外国某些文学作品中的人物性格是不发展的。其实我国古典小说中的诸葛亮、张飞、李逵等何尝不是如此。这是因为小说从人物性格已经确定时写起，所以书上不一定把形成人物的性格的原因交代出来。书上既然没有交代，勉强的去找是有困难的，也是不必要的。第二回冷子兴同贾雨村的谈话中，已经确定了宝玉的性格。在前八十回中，宝玉、黛玉的性格没有什么变化，后来有些变化，如宝玉的出家，但变化不大。

当然，我们学文学的人可以探讨人物性格形成的原因，但不要机械地到书上去找，这样就过于拘泥，有些问题恐怕还要离开书去找，从我们的历史知识和古典文学知识方面去找。

宝玉性格的形成，综合起来大概有这样几个主要的原因：第一，封建统治阶级的那套制度、礼教、人生道路等等本身是不合理的，因此，封建统治阶级内部的思想比较纯洁的知识分子，是可能发生不满的，这可以说是历史的事实。在我文章中所举的阮籍、嵇康等人，可以说是更早的带有一定的叛逆性的人物，他们也不喜欢正统之学，厌恶做官应酬那一套。从封建社会的真实历史和文学作品中，都告诉我们有不少不满封建社会的人物的这一事实。宝玉也正是这一流的人物。第二，我们还应该承认过去的文化思想对他的影响。宝玉的文化程度很高，小说、戏剧、诗歌等几乎无所不读。他爱好老庄，还喜欢读《西厢记》《牡丹亭》一类的东西。第三，宝玉是个年青的少年，受封建思想的熏陶还不是很深。第四，不能否认这里面还有作者的一定的夸张，也有些作者自己的东西加在他身上。宝玉的思想在他本阶级里是可能有的，但完全出于一个十几岁的少年，多少是夸张了一些，这或许可以说是作者的浪漫主义的手法。

至于黛玉性格的形成,大概也有这样一些原因:第一,同样的,封建统治阶级给妇女规定的道路,会引起内部某些分子的不满;第二,受过去思想和文学的影响;第三,本身的遭遇不幸——父母早死,寄人篱下。

上面所举的产生叛逆性的原因,有些是书上已经表现了的,有情节可寻,有些则是书上所没有表现的,所以单从书上找原因是机械的。

与典型问题有关的问题之二,有同志希望以《红楼梦》中突出人物为例结合在《论阿Q》一文中关于典型问题的见解,讲一讲文学艺术中的典型问题。

这个问题很大,对典型问题没有全面研究,但是写文章又不能不涉及,因此,常常发表一些不成熟的意见,也因此常常引起人家的非难。在《论阿Q》中,我提出了典型性不等于阶级性的论点。就拿阿Q来说,如果全部用阶级性来解释,那是解释不通的。我觉得有几种不同的典型。有一种典型,他的主要特点就是他的阶级性的表现,如《威尼斯商人》中的夏洛克。还有一种典型,他是从不同方面表现他所属的阶级性的各个方面,像《红楼梦》中的王夫人、凤姐、贾珍、薛宝钗、薛蟠等人,都是表现了封建地主阶级的阶级性的,但表现的是不同的方面。再有一种典型,他的全部性格是表现了他的阶级性和时代的，但他的性格上的某些特点并不拘泥于某一个阶级的人物。这是因为不同阶级的人物身上，本来可以有某种相同或相类似之处。比如阿Q是个农民，阿Q本人的确有落后的农民的色彩，但是阿Q身上的东西，不一定只能在落后的农民的身上可以找到。

对于最后一种典型的说法，引起了很多争论，受到了不少非难。有同志不同意我的对典型的某些特点在不同的阶级中可以看到的看法，他认为个性、共性和典型都是阶级性的表现。有人认为阿Q这样的人只有农民中有，其实在清朝的统治阶级乃至最后的蒋介石王朝身上都表现了阿Q精神，我们应该承认过去的不同阶级中可以有共同的东西。有人过于强调阿Q的革命精神，这样仿佛"阿Q精神"成了好的东西，事实上当然不是。总之，典型性问题是个极复杂的问题，我们现在对典型问题还停留在一些原则问题上，还没有作深入的研究。比如共性、个性到底是怎么一回事，它的具体内容是什么？从阿Q这个人物来看，共性和个性是相当错综复杂的，现在实在还概括不出来典型人物的共性和个性是什么。比如以阿Q是落后农民来讲，好像他的劳动、受剥削、想反抗倒是共性，而"阿Q精神"反而成了个性了；反过来把阿Q当"阿Q精神"看待的话，则像"阿Q精神"又成了共性的了，因此就有人认为共性和个性是可以转化的。像这样的问题,以及我们今天为什么写不出典型,甚至写不出性格很成功的人物,等等,都是值得我们好好考虑和研究的。

　　同志们要我结合《红楼梦》人物讲典型问题,全部问题不能讲,也无法讲,只能讲到这儿为止。

二、关于《红楼梦》的思想意义和社会意义

同志们希望讲一讲《红楼梦》在当时产生的社会意义和所反映的社会思想,并希望谈一谈如何从作品看当时的社会,又如何从当时的社会看作品,以认识作品反映社会生活的深度。

我觉得像《红楼梦》那样的伟大的作品,不能把它的思想意义和社会意义局限于清初那几十年。几乎可以这样说,《红楼梦》是中国长期封建社会社会生活的优良的文化传统的总结,也是对长期的封建社会的不合理的事物的总的批判。从《红楼梦》继承的东西和批判的东西是那不合理的事物的总的批判。从《红楼梦》继承的东西和批判的东西是那么广泛和深入来看,产生《红楼梦》的社会根源决不能局限于清初,这里牵涉到文学与上层建筑的关系问题。

现在的情况,似乎把文学与上层建筑的关系理解得简单了些。比如以为清初已经有了工场,所以就产生了《红楼梦》。

问题没有这么简单。产生这样的作品的原因是多方面的，至少还应该把作家的因素算进去，比如吴敬梓就写不出《红楼梦》，因为他同曹雪芹的生活有差别。

斯大林同志的《论语言学问题》谈到基础与上层建筑的关系，在苏联也曾经有过讨论。当时我觉得他们的有些解释用来解释中国的古典文学，总是解释不通，但是不敢怀疑；直到苏共第二十次代表大会以后，才感到斯大林对基础和上层建筑的解释的本身是有些缺点的。他把文学、哲学和政治、法律等同起来，没有区别。政治、法律随着基础的变化是直接的，而文学、哲学等有它本身的继承关系，所以和基础的关系就不是那么直接和简单，所以对于文学要从传统来解释。不能设想没有《三国演义》《水浒传》《金瓶梅》等作品而能产生出《红楼梦》来。有人说，《红楼梦》的描写规模所以那么大，是因为生产发展的关系。很显然，他的理论的根据是毛泽东同志《实践论》中所说的"随着生产的发展，人的认识就扩大了"，但用这来解释文学似乎是太机械了。

根据上述，《红楼梦》的思想意义和社会意义是非常广泛的，决不止是反映了清初的几十年（当然，对那几十年反映得更深入，概括性更高），它不只是在出版以后的短时期内起作用。《红楼梦》写了封建统治阶级中各种人物的思想和灵魂,它的内部的叛逆分子,部分被压迫的人民的状况,妇女的受压迫和摧残,封建道德、封建礼教的虚伪和残忍,婚姻制度、科举制度的不合理,在封建压迫下的爱情和对个性自由的要求,乃至对长期的封建社会的公式主义文学的批判,等等。所有这些内容,都不仅仅是清初的问题。我们说《红楼梦》概括性高,是因为它写得生动,那些人物的思想和行动,有历史的继承性,不完全是在当时产生的(其中具体的人物和生活可能是当时的),它所写出的有阶级本质的东西,它所写出的深入到灵魂的东西,在封建社会的相当长期内都是有的,虽然不一定是封建社会一开始就有的。有的同志在讨论《红楼梦》时有这样的意见,认为《红楼梦》所反映的"主要并非是一般的清代封建官僚地主家庭的生活,而是满清皇朝中所特有的满清贵族地主家庭的生活",他们很强调"庄田"制度,这可能有些道理,但似乎把意义说得狭隘了。因为它不仅仅写了旗人的生活,更主要的是写了封建阶级人物的根本的东西。由于对清初社会没有很好的研究,能讲的不多,但说《红楼梦》反映了资本主义萌芽也是靠不住的,尽管《红楼梦》里面出现洋货、出现表等东西,也只能说是明末清初都有的现象,写洋货决不是《红楼梦》的根本意义所在。

总之,我主张对于《红楼梦》的社会意义和思想意义,不要限制于它只是写了清初的东西,它的思想性、概括性和根本意义,决不限于当时,不然就会无视它的反映的深度。

三、关于《红楼梦》的现实主义、人民性和民族特色

关于《红楼梦》的现实主义创作方法和浪漫主义创作方法是怎样结合的,这首先要牵涉到现实主义和浪漫主义的概念问题。现实主义在我们心目中好像还有一个明确的概念,如同高尔基说的是按照生活本来的样子写。至于对浪漫主义的概念,包括高尔基所下的概念,人们都不大满意,我们一般把大胆的幻想的色彩比较浓厚的叫作浪漫主义。在《红楼梦》里,这两者是交错的。我的论文里只谈到《红楼梦》有神话和有神话色彩的故事,其实是不止的。比如宝玉的思想、行动是现实主义的,可是他脖子上挂的那块玉,据说是胎里带来的,这当然是不可能的。还有宝玉的性格和语言,有些地方也近于夸大,这种夸大的说法也包含了浪漫主义的成分。当然,《红楼梦》的现实主义色彩是主要的,因为更

多的描写细节是现实主义的。

同志们要我进一步谈谈《红楼梦》的人民性和民族特色。可能同志们认为我的论文对人民性讲得不充分。其实我所列举的宝玉、黛玉的叛逆性,他们对封建社会制度的批判,也就表现了很高的人民性。至于民族特色问题,可以和下面要讲的传统问题合起来看。

同志们不了解《红楼梦》继承了中国的哪些小说的优良传统?有哪些新的表现?

大规模地、广阔地、无限丰富复杂地反映社会生活面貌,在中国很早的小说中就有了,这是和外国小说不同的。法国小说的线索基本上都比较单纯,托尔斯泰以前的俄国小说也是这样,只有一两个线索。同时有很多线索和很多人物,在外国小说中好像是不多的。可是中国的小说不同,像《三国志演义》《水浒传》等已经是非常复杂了。在这方面,《红楼梦》是继承了的。《红楼梦》对生活细节描写的细致,同《水浒传》《金瓶梅》有关系。人物写得多,而且成功的典型不止一个,同《三国志演义》《水浒传》等有关系。同时,我们不能不承认《西游记》的某些浪漫主义的幻想,对曹雪芹有一定的启发。另外,《红楼梦》还继承了章回小说的传统。章回小说的每一回里常常不是一个线索而是好几个线索，这可以说是章回小说的特点。《红楼梦》也正是这样的。《红楼梦》在运用语言特别是土语方面，同《金瓶梅》也有一定的关系。

在新的发展方面，《红楼梦》具有过去小说的各种长处，同时避免了过去小说的一些弱点，这本身就是一种发展。具体地来说，比如它接受了《金瓶梅》的描写生活细节细致的优点，但它里面有正面人物，而《金瓶梅》里全是否定的人物。又如过去的长篇小说很少写爱情故事，《红楼梦》不但写了爱情故事，而且写出了理想的爱情的基础。在这方面是继承了《西厢记》《牡丹亭》等戏曲的传统，并且远远地超过了它们，这可以说是新的发展。又如描写人物的众多，性格塑造的成功，这过去也有，但还没有像《红楼梦》那样写到灵魂的深处。《金瓶梅》对生活的描写是细致的，但它没有《红楼梦》的整齐。在这方面，《三国志演义》《水浒传》要更差一点，《红楼梦》是发展了的。再如整个艺术结构的完整，《红楼梦》也是发展了的。过去的好小说，有的片断强，有的片断弱，《红楼梦》八十回中，除了结社吟诗那一部分较差（只是比较的差）之外，几乎每一回都是精彩的，这是很不容易的。值得再提一下的是《红楼梦》的语言。它用了北京话，同时也有一些南方话，语言的丰富生动和表现能力，较之过去的小说是发展了的。

《红楼梦》接受了中国自己的传统,并且在各方面都有了发展。前面提到的《红楼梦》的民族特色,很难孤立地拿出来说。我们如果把《红楼梦》与传统的关系合起来看,它的特点就很浓厚;一分开来看的话,就好像不是什么根本的东西了。

四、关于曹雪芹的世界观和创作方法

同志们要我进一步谈谈曹雪芹的世界观的矛盾,他的艺术见解和艺术思想是否具有矛盾性和复杂性?

我的总的看法,曹雪芹对他出身的本阶级及其制度的不满应该是主要的;另一方面,他的确还有一些封建思想,看不到封建社会而外还有什么出路,还有一些"色空"思想等消极的东西。

在艺术思想方面的矛盾也有,但恐怕比较少。第一回中说:"况且那野史中,或讪谤君相,或贬人妻女,奸淫凶恶,不可胜数,更有一种风月笔墨,其淫秽污臭,最易坏人子弟。"这些话多少是表现了一些封建思想的,同时也可能限制了或影响了他的大胆的暴露。比如对于李纨的内心生活,作者就没有去接触,又如删去"秦可卿淫丧天香楼"一回,都说明是受了一些限制。再如书中还有一些歌颂帝王的话,虽然我们不知道他是说真心话，还是不得不如此。如果要找曹雪芹艺术思想的缺点，好像他对于写诗不怎么强调生活（当然，书中对诗的看法不一定就能代表曹雪芹的意见），同他的写小说的强调生活的特点不一样。

我们应该怎样来判断作家的世界观？怎样来理解世界观对艺术创作的作用？

对于作家的世界观，要从历史的观点来看。曹雪芹出生在封建社会的贵族家庭，他能够对封建社会暴露和批判，这已经是很杰出的、很了不起的了。至于他还有封建思想和"色空"思想，那是不足为奇的。相反的，如果当时会有毫无封建思想和"色空"思想的人，那才是怪事。当然，这不等于说他有封建思想和"色空"思想也是好的。

可以这样说，世界观对艺术创作起一定的决定作用或者说是起很重要的作用，但不是起绝对的决定作用，决定作品的好坏，还应该包括生活经验、艺术修养、艺术才能、艺术劳动等等，但是我们应该承认世界观与创作方法可以有一定程度的矛盾。高尔基说："形象大于思维。"冈察洛夫写了《奥勃洛摩夫》，杜勃罗留波夫作了解释，冈察洛夫说这是我们共同创造的形象。《红楼梦》也是如此。说它是对封建社会的总的批判，那是我们今天的认识，在当时的作家本人是不可能知道的。这就是"形象大于思维"——作家的客观的描写出来的形象,大于作家的对当时事物的认识。这是一方面。再一方面,现实主义的创作方法,即忠实于现实生活的描写,可以突破作家的世界观的限度,这两方面是互相联系的。由于《红楼梦》的"形象大于思维"和作者忠实于现实生活的描写,就决定了他对封建社会批判的多,回护的少。鲁迅先生的写阿Q也是如此。可能鲁迅先生开始是想鞭挞阿Q的弱点的,但是阿Q是个农民,所以后来不得不写他要革命。又如鲁迅先生在《阿Q正传》中写出了很明确的阶级关系。这也是现实主义创作方法突破世界观的限制的一例。

五、写《论〈红楼梦〉》以及研究评价其他古典作品的体会

三年来才写了三篇评论文章,体会不多,但也可以讲一些。

因为经常看些古典文学作品,首先感觉到我们过去研究文学牵强得非常厉害。因此,很想在研究中努力学习实事求是的方法,避免主观主义和教条主义,但是困难很多。

第一,文学作品的本身就是非常复杂的。拿《红楼梦》来说,我写了八万多字,但许多问题还没有写清楚,所以有时很感慨地觉得要别人读我写的文章还不如劝人读一遍《红楼梦》。又如读了《琵琶记》才知道也是那么复杂的。现在有的人夸大它的优点,有的人夸大它的缺点,好像都有道理,都很重要。勉强地去找哪些是主要的,一时实在找不出来。文学作品是写社会生活的,是写人的,社会生活和人本来就是复杂的。我们给干部作鉴定,有时还不能作得那么恰当,何况是对

书上的古人。这是第一个困难。

第二，要做到实事求是，一要大量的占有材料，二要有理论的指导，这是毛主席说过的。可是要大量占有材料是不容易的。我从前年11月开始研究《红楼梦》，也看了一些书，但还是很不够的。比如《红楼梦》与戏曲的传统有关系，而我对戏曲就看得很少。又如书中提到老庄及佛家思想，这些东西都很麻烦，也没有去看，所以论文中没有提到。对《红楼梦》的一些奇奇怪怪的说法——所谓"索隐"派的书，也只是简单的看了一些，有许多应该看的书没有看或没有时间看，所以大量占有材料是很困难的。

再说理论的指导，由于自己理论水平低，遇到一些像市民问题一类的问题，就感到很难解决。一方面可能是前人已说过的话我们不知道（所以我们决不能轻视知识），再一方面是知道了不知怎样去运用，很有可能会错误地去运用。

第三，还有一个个人爱好的问题。我是不喜欢搞理论的，在整风以前从来没有写理论文章，可是现在的工作岗位决定了我天天要搞理论。个人爱好对我做研究工作也有一定的限制。如果要我选择的话，我宁愿写诗或小说，这样花同样的时间，也许写出来的东西要比《论〈红楼梦〉》要好一些。再还有对具体文学作品的爱好问题。比如我不喜欢《儒林外史》，理智上承认它好，但对它缺乏感情，对作品缺乏感情是写不好评论文章的。而另一方面，由于对这个作品爱好了才写，又往往容易不客观，妨碍实事求是的研究。这真是一个矛盾。

正因为理论研究工作有着许多困难，所以就需要长期的艰苦的劳动，需要占有大量的知识，才能真正把研究工作做好。如果做得好，不但可以对中国古今的作品做出适当的评价，而且可以丰富我们的文学理论。我们今天的文学理论，常常不是同中国的实际问题结合的，这不能不是一个缺点。我们要把中国的历史研究清楚，这是与研究中国古典作品有关的，而且还要同外国的作品比较，所以不懂外国文学也是不行的。我们看过去的大批评家如别林斯基，对俄国的文学史以及欧洲的大作家的作品是多么熟悉！我们是搞编辑工作的，将来要做批评家，我们要搞好理论批评工作，就一定要付出大量的精力，去熟悉中国的古典作品和外国的第一、二流作家的作品。不然，我们的理论批评就会永远停留在几条原则上，遇到具体问题就无法解决。我们一定要下苦工夫，只有这样，我们的理论批评工作才能提高，才能对文学作品做出正确的评价，并反过来进一步丰富我们的马列主义文艺理论。

（1957年1月5日在中国作家协会文学讲习所的讲演）

曹雪芹的贡献

李纨教子

李纫教子（线描）

薛宝琴白雪红梅（1981年）

薛宝琴白雪红梅(线描)

一、奇迹似的《红楼梦》*

曹雪芹的一生的巨大的贡献在于写出了《红楼梦》。曹雪芹很早就坠入了穷困的境地,生前默默无闻,而且只活了四十几岁,然而他的一生却不是虚度的,他给我们留下了《红楼梦》这样一部奇迹似的作品,应该说这是一个两百多年前的中国封建社会里的文学家对祖国和人民所能做出的最大的贡献了。

《红楼梦》是大家都是熟知的。我们究竟怎样来说明它的价值和意义呢?

《红楼梦》所写的虽然主要是家庭的生活,而且不少篇幅用在描写爱情上,但它的价值和意义却是巨大的,远不止于只

---

* 本篇长文的二级标题,原是一、二、三,现二级标题名称均为编者所加。

是写出了一个爱情悲剧，或者只是提出了家庭的问题。《红楼梦》第四回写贾雨村到应天府去做官的时候，一个门子告诉他，凡做地方官的都必须有一张"护官符"，那就是一个写着"本省最有权有势极富极贵大乡绅的名姓"的单子，"倘若不知，一时触犯了这样的人家，不但官爵，只怕连性命还保不成"。在贾雨村做官的省里的"护官符"上，首先写着贾、史、王、薛四大家族。《红楼梦》所描写的就是这四大家族中的贾家的两个家庭，继承了开国功臣宁国公和荣国公的官职的宁荣二府，而着重描写的又是荣国府。另一大家族薛家的一房，它和贾家有亲戚关系并且寄居在荣国府里面，《红楼梦》也对它作了一些描写。史、王两个家族《红楼梦》并没有怎样正面描绘，但荣国府的贾母、王夫人、王熙凤这些当权的人物和常到荣国府作客人的史湘云却都是出于史、王两个家族。《红楼梦》展开了贾家的两个封建官僚地主家庭的画卷，描绘了它们的逐渐衰败的过程和在这个过程中它的形形色色的成员的活动，就广泛地暴露了封建统治阶级的罪恶、腐朽和许多封建制度的不合理，使人感到了封建社会的没落和崩溃的必然性。家庭、家族的并不等于阶级，一个家庭一个家族的衰败并不等于一个阶级一个社会的没落和崩溃；但《红楼梦》所描写的封建大家庭是很典型的，集中地表现了封建社会的众多矛盾的，而且它们和社会有多方面的联系，因此，不管曹雪芹的主观认识还有多少限制，真实地深刻地描绘了它们的各种各样的生活和人物，就必然会揭露出封建统治阶级的本质，封建社会的种种事物的不合理，而且必然会反映出一些封建主义的对立物——被剥削被压迫的人民的观点和情绪。

通过对宁荣二府和其他有关社会生活的描写，《红楼梦》揭露了封建统治阶级的穷奢极侈，腐化荒淫，贪污受贿，压迫人，使人倾家荡产，一直到害死人打死人不偿命。由于曹雪芹的生活经历和思想认识的限制，也由于他描写的那种官僚地主家庭是居住在大都市里面，他很少写到封建社会主要的被剥削被压迫的阶级，农民；然而那种家庭的穷奢极侈、腐化荒淫的生活到底建筑在什么基础上，我们却还是可以从小说中看到。今天研究《红楼梦》的人都注意到乌庄头交纳租子那一段，它的确客观上有一种画龙点睛的作用。贾珍对乌庄头说："不和你们要，找谁去！"向庄头要，也就是向农民要。虽然那一段文字是为了写宁荣二府入不敷出而写到的，却接触到了地主阶级剥削农民的根本事实。《红楼梦》还写到了封建社会里的高利贷剥削，写到了王熙凤放债和薛家开当铺。史湘云、林黛玉不认得当票。薛姨妈对她们作了说明。她们当着薛姨妈的面就说："人也太会想钱了。姨妈家的当铺也有这个不成？"众人笑道："'天下老鸹一般黑'，岂有两样的。"曹雪芹就是这样明显地表示了他的批判态度。

通过对宁荣二府和其他有关社会生活的描写，特别是对贾宝玉、林黛玉的爱情悲剧和从上层到下层的众多妇女的命运的描写，《红楼梦》揭露了一系列的封建制度和封建道德的不合理，几乎可以说它批判了封建社会的全部上层建筑。虽然对封建社会的最高统治者，对封建主义的最高典范，对皇帝、孔子、"四书"这样一些"神圣"的事物，曹雪芹的大胆的笔还是不敢放肆不敬的。而且在《红楼梦》第一回里再三声明这部小说"毫不干涉时世"，然而从这种声明正可以看出他是有所顾忌。实际上他不但写到了以皇帝为首脑的封建官僚机构的腐败，而且整个否定了封建的"仕途经济"的学问和道路。在描写贾元春入宫的不幸的时候，他并不粉饰或避忌。封建圣贤和封建经典所巩固所提倡的东西，却刚好是《红楼梦》所要动摇和破坏的。《红楼梦》以它的全部艺术力量，对封建社会的官僚制度、科举制度、婚姻制度、家庭制度、奴婢制度和封建道德伦理观念的不合理，虚伪，残酷，作了无可辩驳的伟大的否定。

《红楼梦》是一部惊心动魄的书。尽管它描写的范围限于两个大家庭和某些与它有联系的社会生活，它却在我们面前展开了错综复杂的斗争，激烈的斗争。在它所描写的两个大家庭里，有各种各样的主子，各种各样的奴仆。在主子当中，有诚恳地信奉封建主义并力图巩固它的统治的封建正统派，有从荒淫、贪婪等方面赤裸裸地表现他们那个阶级的腐化堕落并以他们自己的行动来败坏封建统治的人，也有心怀不满的叛逆者。在奴仆当中，有反抗的奴隶，有驯服的奴才，也有虽然并未进行反抗却同情被压迫者和叛逆者的人。就是在种种人物之间展开了错综复杂的斗争，激烈的斗争，其中主要是封建主义的维护者和封建主义的叛逆者的斗争。在宁荣二府的主子和奴仆之外，《红楼梦》还描写了尤二姐、尤三姐这种社会地位不高的妇女的悲惨的命运。奴隶、叛逆者和尤二姐、尤三姐这些人遭受到的不但有精神的摧残，而且有肉体的杀害。宁荣二府这两个大家庭表面上是堂皇的，实际上却充满了罪恶和污秽，而在这个罪恶和污秽的环境里却又存在着反抗，存在着在那样的历史条件下所能有的理想的事物。《红楼梦》就是描绘了这样一幅像生活本身一样丰富和深刻的封建大家庭的图画。在某种意义上说，它好像是当时的封建社会的缩影。虽然封建社会的重大的矛盾和斗争不可能都表现在家庭生活里面，但发展到了它的末期的封建社会的腐朽、动荡不安和必然崩溃的前途，不是同样可以在这幅图画里看到吗？封建社会的必然走向灭亡，这是历史所规定的。封建统治阶级的各种各样的人物，无论是像贾政那样庸碌无能的人，无论是像贾探春、薛宝钗那样有才干的人，也无论是像贾宝玉那样痛心地感到了他那个阶级的腐朽而又并不愿意看到它的衰败的人，都是无法改变封建社会的没落和崩溃的命运的。他俩都只能和它一起走向灭亡。"才自精明志自高，生于末世运偏消"，曹雪芹在贾宝玉梦中见到的《金陵十二钗正册》上为探春写了这样的诗句。这不但是探春一人的命运，而且是当时的封建统治阶级的许多子女的命运，曹雪芹是并不愿意看到他那个阶级的没落的，然而他并没有掩饰它的罪恶、腐朽，相反地他作了广泛而又深刻的揭露，而且他的更大的同情是给予了贾宝玉、林黛玉这样的叛逆者，给予了尤二姐、尤三姐这样的被侮辱和被损害的妇女，给予了晴雯、鸳鸯这样的有反抗性的奴隶，而且他从焦大、刘姥姥这样一些人的眼光来谴责了宁荣二府的淫乱和奢侈的生活，这更显然是表现了下层人民的某些观点和情绪。

　　曹雪芹不但反对了封建社会的种种不合理的事物，而且他是提出了正面的要求的。从《红楼梦》所否定和肯定的两个方面看来，曹雪芹追求的主要是这样一些东西：个性自由，男女平等，婚姻自主，比较合理的家庭关系和人与人之间的关系。虽然他提出的这些要求都是受到了时代的限制的，带有中国近代的历史开始以前的色彩的,这种个性自由和男女平等还不可能是一种经济上、政治上和法律上的要求,这种婚姻自主还不是一夫一妻制,这种比较合理的家庭关系和人与人之间的关系也还很朦胧,然而我们仍然应该说,它们都属于民主主义的思想的性质。

《红楼梦》的伟大就在这里:通过对两个封建官僚地主家庭和其他有关社会生活的描写,它揭露了封建统治阶级的本质,反映了封建社会的灭亡的必然性,几乎可以说对不久即将走向崩溃和瓦解的封建社会作了一次总的批判,同时它又提出了一些在当时是很难能可贵的正面的理想和追求,因而我们认为它具有民主主义的思想内容,标志着我国古代的现实主义的惊人的发展和成熟,在我国和世界的文学史上它都居于最高成就之列。

二、奇迹为什么出现在十八世纪中叶？

《红楼梦》为什么产生在中国十八世纪中叶，为什么它的思想内容那样丰富深刻、艺术技巧那样成熟，为什么在它出现以后相当长的一个时期许多长篇小说都好像难以为继？要精确地回答这些问题，还有待于我们的文学史家的深入研究。我们称它为一部奇迹似的作品，不过是说它异峰突起罢了，并不是说它的出现是不可解释的。

很粗浅地说来，曹雪芹能够写出这样一部巨著，是同他的时代、他的阶级、他的生活经历分不开的，是同在他以前的长期存在的民主主义的思想传统、现实主义和积极浪漫主义的文学传统也分不开的。在这些条件之外，我们当然还要看到他的艺术天才和辛勤劳动。

十八世纪中叶是中国最后一个封建王朝的所谓"盛世"。这个时期的清朝经过了一百多年的统治和镇压、也就是所谓"文治"和"武功",表面上看起来它是强大的,稳固的。然而封建社会所固有的种种矛盾却像地火一样在发展,在尖锐化。它同《红楼梦》所描写的宁荣二府有些相似,"外面的架子虽未甚倒,内囊却也尽上来了"。《红楼梦》里写到了从皇帝到官僚的生活的奢侈腐化。书中的一个人物说皇帝"南巡",官僚接驾一次,就"把银子都花的淌海水似的"。《红楼梦》里还写到了由于"水旱不收"而各地爆发的农民反抗。这种农民反抗在封建社会里是不曾断绝过的。清朝自然也是这样。这个时候土地的兼并很剧烈,地主对农民的剥削很惨重,农民的反抗自然就"蜂起"了。再过几十年,大规模的农民起义更不断地发生,不断地摇撼着这个王朝的统治基础。又过几十年,鸦片战争就爆发了,中国的封建社会从此就走向土崩瓦解。这个封建社会的最后王朝同《红楼梦》所描写的那个封建大家族的"末世"有些相似,难道仅仅是一种偶合吗?当然,在曹雪芹的头脑里,既没有封建社会这个概念,更不可能预先知道它的不久即将走向崩溃。然而在他那个时代,封建社会已经濒临它的走向崩溃的前夕,它不可能不散发出腐烂的气息,不可能不表现出衰败的征兆。曹雪芹生长在封建统治阶级的内部,而且是它的上层的内部,又经历了他的家庭由盛而衰的大变化,这就更有利于他看清楚他那个阶级、他那个社会的种种矛盾，种种罪恶、腐朽和不合理，因而也就可能会感到他那个阶级那个社会没有前途。伟大的作家正是这样的：不管是自觉还是不自觉，他总会在他的作品里反映出他那个时代的某些本质的方面。

还有，在曹雪芹的一生中，特别是在他坠入了穷困的境地以后，他会接触到一些下层人民，受到他们的某些观点和情绪的影响。我们要了解曹雪芹的思想倾向的形成，首先应该在这些方面寻找原因。但我国封建社会里长期存在的民主主义的思想传统的影响，现实主义和积极浪漫主义的文学传统的影响，对他的思想倾向的形成也是一个很重要的因素。我们不能否认，这些传统同他的思想倾向有一种渊源的关系。而且正是由于曹雪芹生在封建社会的末期，生在我国封建社会的最后一个经济和文化都比较繁荣的时期，他所凭借的前人的思想和艺术的积累都十分丰富，他的天才才可能得到高度的成长和发挥，他的作品里面的民主主义的思想才可能那样多方面，他的作品的现实主义的艺术才可能那样成熟和杰出，成为我国封建社会的文学的最后一个高峰。我国封建社会的存在特别长久，曾有过几次的经济和文化都比较繁荣的时期，在这些时期文学上都曾出现过高峰。这最后一个经济和文化都比较繁荣的时期出现了《红楼梦》，它几乎可以说对封建社会作了一次总的批判，就是并不难于理解的事情了。鸦片战争以后，我国进入了旧民主主义革命的历史时期，在这个阶段也产生了一些比较杰出的作品。然而由于中国社会发展的特点，如毛泽东同志在《新民主主义论》里面所分析过的那种特点，这个历史阶段不会出现可以同曹雪芹相比并的作家，也是并不难于理解的。我国的历史进入了新民主主义革命的阶段，文学的新的高峰就出现了。像大的文学家、思想家和革命家的鲁迅，他不但在他的作品里面批判了整个中国的旧社会、旧时代，而且在他从革命民主主义的战士发展成为马克思主义者以后，他也就成为无产阶级文学的丰功伟绩的第一个创造者了。

在封建社会还没有解体的时候，在资本主义经济因素还没有大发展的时候，在资产阶级还没有形成为一个阶级的时候，是不是可以产生民主主义的思想呢？这是可以产生的。这是一种客观存在的历史事实，而且我们可以从马克思主义的经典作家的论述里找到理论上的说明。列宁在《关于民族问题的批评意见》中说："每个民族的文化里面都有一些哪怕是不发达的民主主义和社会主义的文化成分，因为每个民族里面都有劳动群众和被剥削群众，他们的生活必然会产生民主主义和社会主义的思想体系。"当然，列宁在这篇文章的后面又说，"每一个现代民族中都有两个民族。每一个民族文化中都有两种民族文化",他说的"每个民族"也应当是指现代民族。但我们从列宁这段话却可以得到启发,我认为这段话最重要的地方,在于他指出了民主主义思想和社会主义思想的社会根源:它们必然会从人民群众的生活中产生。因此,即使不是现代民族,从人民群众的生活中也会产生民主主义的思想的。如果说社会主义思想的较为普遍的出现是资本主义发达的结果,正是由于资本主义社会制度的确立,人们才清楚地看到了它的罪恶,才更向往财产公有制的理想,那么作为封建主义的对立物的民主主义思想,它从封建社会内部产生和发展,难道不是很自然的事情吗?

在我国封建社会的漫长的历史时期中,占统治地位的封建主义的意识形态固然得到了高度的发展,很系统化和很成熟,作为它的对立物的民主主义思想也在不断地成长和丰富,形成了它自己的传统,这完全是符合客观事物的辩证法的。这种传统不仅表现在一些思想家的著作中,从许多现实主义和积极浪漫主义的文学作品我们也可以看到对封建社会的现实的暴露和批判,看到一些合理的正面的要求。当然,这种传统还不可能像近代欧洲资本主义上升时期的启蒙主义思想那样形成为一个严整的体系,特别是在政治上还不可能提出一套代替封建制度的主张。不过我们不能因此就否认它的存在。中国封建社会内部的商品经济的发展孕育着资本主义的萌芽，而且在封建社会的末期资本主义的萌芽会有所发展，这是无可怀疑的；但中国封建社会的民主主义思想的发生和发展的根源并不仅仅是资本主义的萌芽。只要有封建剥削封建压迫和被剥削被压迫者的不满、反抗，我想就必然会有民主主义思想的发生和发展。封建社会的广大的人民群众都是受剥削受压迫的，劳动人民是其中的最大多数，并且最富有反抗性。此外，从封建统治阶级的内部也必然会出现一些心怀不满的叛逆者。他们常常通过不同的途径受到人民群众的影响，常常自觉地或不自觉地从人民群众的思想得到精神上的支持。因此，从他们当中也可以产生某些民主主义的思想。资本主义萌芽的发展，市民阶级的壮大，当然是会促进封建社会的民主主义思想的发展并赋予以新的色彩新的特点的；但到底什么样的思想才算具有这种新的色彩新的特点，也还需要具体的研究和分析。

《红楼梦》第二回，冷子兴谈到贾宝玉的时候，贾雨村认为他属于"正邪两赋而来"之人。贾雨村还举出一批古人[①]，作为他的同类。这些人物的情况是很有差异的，曹雪芹对他们的欣赏也可能各有不同，但他借贾雨村的口把这些人和贾宝玉、林黛玉等相提并论，总说明他认为他们有某种共同之处。这些人很多都是封建统治阶级的浪子，封建社会里的不走正路的人。其中不少人可能曹雪芹是欣赏他们的放荡不羁，有文学艺术的才华，欣赏他们不热心功名富贵，不合时宜，或者是所

---

① 这些古人是许由、陶潜、阮籍、嵇康、刘伶、王谢二族、顾恺之、陈叔宝、李隆基、赵佶、刘希夷、温庭筠、米芾、石延年、柳永、秦观、倪瓒、唐寅、祝允明、李龟年、黄潘绰、敬新磨、卓文君、红拂、薛涛、崔莺莺、朝云。其中绝大多数都是实有的人，只有许由是古代传说中的人物，红拂和崔莺莺是古代文学作品中的人物。王谢二族讲的是晋朝的两个家族，但曹雪芹欣赏的可能仍是这两个家族中的一些向来被赞赏的人物，如谢安、谢道韫、王羲之、王徽之、王献之等。贾雨村把这些人分为"情痴情种"、"逸士高人"和"奇优名倡"。但从他们的思想和行为看来，实际更复杂，不止三类。贾雨村说这些人是禀赋碰在一起、互相搏击的正气邪气而生，不敢竟认为他们就代表正气，另外却把尧、舜、禹、汤、文、武、周、召、孔、孟、董、韩、周、程、张、朱这些向来被封建正统派尊为"道统"的人物说成是禀赋天地之正气的"大仁"，这可能是这样写更符合贾雨村这个人物的思想情况，也可能是曹雪芹有所顾忌，不敢太违背封建社会里的某些传统看法。

谓"情痴情种"①。也有少数人在我们看来,似乎没有什么可取

---

① 比如刘希夷、温庭筠、柳永、秦观、石延年、唐寅等就是放荡不羁并有文学艺术的才华的人物。

《唐诗纪事》说刘希夷一名庭芝,"少有文华","不为时人所重",并"善弹琵琶"。《唐才子传》说他的诗"体势与时不合,遂不为所重",又说他"美姿容,好谈笑,善弹琵琶,饮酒至数斗不醉,落魄,不拘常检"。温庭筠,现在的中国文学史多引《唐书》说他"能逐弦吹之音,为侧艳之词",说他与公卿家无赖子弟一起赌博饮酒,所以考不取进士等。其实从另外一些记载看来,温庭筠不一定就仅仅是这样一个人物。比如《唐诗纪事》卷五十四就说温庭筠是说话触犯了唐宣宗李忱才被"贬为方城尉""竟流落而死"的,他的终身困顿并非仅仅是由于他行为放荡。《唐诗纪事》又说他对当时的宰相令狐绹多次不敬,并有所讥讽,令绹绹很不高兴,向皇帝说他"有才无行",因此才"卒不登第"。从这些记载就可以看出温庭筠对封建统治阶级当权派有不驯服的一面,和《唐书》中所贬抑的温庭筠不完全相同。温庭筠的诗在唐代诗歌中虽然格调不高,不如李贺、李商隐等人的作品,在艺术上也还是有他的特色,恐怕也不能用"齐梁余风"一词来完全否定。他的诗的内容虽然比较贫乏,也有少数篇章和古代许多心怀不满的诗人的作品一样,表现出有一种牢骚不平之意。如《醉歌》《寓怀》《蔡中郎坟》等诗就有这样的内容。这和《唐诗纪事》的记载所勾画出来的温庭筠的面貌是符合的。

石延年,《宋史》称他"为人跌宕","果举进士不中","善剧饮"。欧阳修《石曼卿墓表》说他"读书不治章句","视世俗屑屑,无足动其意者,自顾不合于时,乃一混以酒"。柳永、秦观、唐寅的为人和作品大家都比较熟悉。

唐寅的画比他的诗更有名,他的诗是写得过于率易浅露的。他也不喜欢科举。《明史》说他"不事诸生业,祝允明规之,乃闭户"。祝允明《唐子畏墓志并铭》记此事更详,说唐寅"一意望古豪杰,殊不屑事场屋",祝允明劝他,他才答应以一年时间来准备考试,后来才考中解元。他的《桃花墓歌》说:"但愿老死花酒间,不愿鞠躬车马前。"有人说他有一次和一些朋友喝酒,钱喝完了,他把朋友们的衣服脱下来当钱,再买酒喝,然后乘醉画几幅山水画,第二天早晨把画卖了,才把朋友的衣服赎了回来(见《六如居士全集》外集卷一《遗事》)。这件轶事同曹雪芹和他的朋友敦诚"佩刀质酒"事很相似。唐寅还有一首诗说:"不炼金丹不坐禅,不为商贾不耕田;闲来就写青山卖,不使人间造业钱。"这和《儒林外史》的作者吴敬梓赞赏卖画、卖艺、卖文为生,鄙视那种靠出卖灵魂来取得地位、权力和财富的人的思想也很相近。传说中的唐寅还有爱情故事,从这一方面又可以把他列入书中所说的"情痴情种"之内。

以上这些人中,有些人不但放荡不羁,有文学艺术的才华,而且同时也就是不热心功名富贵,不合时宜的。另外,贾雨村首先说到的许由、陶潜,一个是古代传说中连帝王也不愿意做的隐士,一个是著名的隐逸诗人,还有刘伶也是个愤世嫉俗的酒徒、隐士,倪瓒是个画家、诗人,也不愿做官。曹雪芹自己喜欢喝酒,所以好像也欣赏好喝酒的古人。喝酒过多,在我们今天是一种不好的行为,但在古代的文学家艺术家中,这却常常是一种发泄他们对当时的社会的不满的表现。

之处①。但其中的确也有一些人是有叛逆性的，而且是有进步思想的。此如阮籍就是一个藐视封建礼法、因而"礼法之士疾之若仇"②的人物。嵇康更连汤武、周孔、六经都敢于公开菲薄，认为"性有所不堪，真不可强"，主张"循性而动，各附所安"③，用我们今天的话说，就是强调尊重个性，要求个性自由。祝允明也是"恶礼法士"，菲薄科举，认为"学坏于宋"，鄙视当时那些"诡谈性理、妄标道学"的人。他甚至说：安得嬴政再生来把许多书烧掉！他认为当时许多书籍、诗文都可付之一

---

① 李龟年是唐朝有名的歌唱家，黄幡绰和敬新磨是唐朝和五代时的演员。曹雪芹欣赏这些人是因为他们是"奇优"。崔莺莺有爱情故事，朝云是苏轼的侍妾，苏轼被贬到惠州时，她曾随他到这远远的南方，并死在那里。贾雨村是同一些"奇优名倡"一起提到的，但实际上或许应算作"情痴情种"。薛涛就好像不怎样可取的。她虽是唐朝的一个有名的女诗人，而且是一个不幸沦落为"倡"的女子，诗却写得并不好，很多都是应酬之作。当然，曹雪芹把封建社会里地位很低下的"优倡"中的一些人物和"逸士高人"、和"生于富贵公侯之家"的"情痴情种"相提并论，这也表现了他对封建等级观念的背叛。还有，李隆基有爱情故事，并且爱好文学艺术；赵佶也是一个爱好文学艺术的皇帝，他的书、画和《燕山亭》词很有名。至于被人称作"全无心肝"的亡国之君陈叔宝，按贾雨村的分类，应列入"情痴情种"之内，但他诗既写得不高明，实际上又不能算作什么"情痴情种"，在我们今天看来，就更不足取了。

② 见《晋书》本传和嵇康《与山巨源绝交书》。

③ 见嵇康《与山巨源绝交书》和《难自然好学论》。

炬。①这些人的确和贾宝玉一样,是封建社会的有进步思想的叛逆者。又比如卓文君和红拂,也是两个叛逆的女性,顾恺之被传说为"痴",米芾被认为"颠",倪瓒自称为"迂"②,这些人

---

① 见《明史》本传《祝氏集略》卷十一《贡举私议》、卷十二《答张天赋秀才书》、卷十四《学坏于宋论》、卷十《烧书论》等文。《烧书论》中他认为可烧的书,其中包括某些专讲迷信的书籍,为应酬而作的文字和"妄肆编刻"的"滥恶诗文","识见卑下僻缪、党同自是"的文学批评,"识猥目暗、略无权度"的选本,"谈经订史"的浅薄烦琐的考证,等等。至于"科第之录,场屋之业",他更认为本来就不是书,不是文章,不值得一烧。这些都是很有见地的。但他还主张烧"浙东戏文、乱道不堪污视者",这一点却不高明。

② 顾恺之,《晋书》本传说:"故俗传恺之有三绝:才绝、画绝、痴绝。"传中记载了一些关于他的"痴"的故事。米芾,《宋史》本传说他"为文奇绝,不蹈袭前人轨辙",又说他"好洁成癖",并记载了他拜石和呼石为兄的故事。他的怪僻和被认为"颠"的故事,有些笔记里记载得更多。倪瓒,《清閟阁全集》陈继儒序中说,"云林倪先生尝自称倪迂"。《清閟阁全集》卷三《题自画二首》小引:"东海有病夫,自云缪且迂。"《全集》附《云林遗事》记载了一些他的怪僻的故事。其中除讲他好洁成癖,这大概也是他的"迂"的一种表现之外,还记载了一些他对有钱有势的人很高傲的故事。如说"张士诚弟士信闻元镇善画,使人持绢缣,侑以币,求其笔;元镇怒曰:'予生不能为王门画师!'即裂其绢而却其币"(倪瓒字元镇);又如说他不愿为富人画扇子,并且说:"吾画不可以货取也!"等等。这些都可能是曹雪芹所赞赏的。《全集》钱溥序说他"性甚狷介,好洁,绝类海岳翁"。海岳翁指米芾。米芾也是好洁成癖,到了怪僻的程度。另外,米芾好石、拜石,曹雪芹也爱画石,《红楼梦》假托为石头所记载的故事,在这点上也说明他们的爱好有相近之处。喜欢石头和喜欢画石头,这是他们的孤傲的性格的一种表现。

的性格上的怪僻也可能和曹雪芹塑造贾宝玉这样一个人物的形象是有关系的。贾宝玉不是"有时似傻如狂",被人认为"成天家疯疯颠颠的"吗?祝允明的烧书的议论也容易使我们想起贾宝玉的烧书的行为①。这些相似之处如果不是出于偶合,就很可能曹雪芹塑造贾宝玉这个人物的时候,是想到过这些古人并采用了他们的某些性格和思想的成分来突出贾宝玉的怪僻的。

曹雪芹有广博而又高深的文学艺术修养。他会作诗,会绘画,他在《红楼梦》里面写了《红楼梦》十二支曲,其中有几支是写得出色的。他通过书中不同的人物谈到对于小说、对于诗、对于戏曲、对于绘画的见解,甚至对于园林建筑也发表过意见。他的许多意见都是很精到的。从《红楼梦》本身也可以明显地看出,它继承了我国现实主义和积极浪漫主义的文学传

---

① 脂砚斋评本《红楼梦》第三十六回说贾宝玉讨厌宝钗辈的规劝,"因此祸延古人,除四书外,竟将别的书烧了"。以前研究《红楼梦》的人就曾说过唐寅有葬花的故事(见《六如居士全集》外集一卷《遗事》),和黛玉葬花事很相似。又,《遗事》中还说当时一个"缙绅先生"误读唐寅的图章的文字"维庚寅我以降"为"维唐寅我以降",这和《红楼梦》第二十六回薛蟠误读"唐寅"为"庚黄"也很相似。这说明曹雪芹虚构他小说中的情节和细节,很可能利用了一些过去的故事。

黛玉葬花（线描）

二、奇迹为什么出现在十八世纪中叶？

统，特别是宋元以来最初从市民社会生长而以后又在文人作家手中得到了发展的白话小说和带有不少白话成分的戏曲的传统。它吸收了这些传统里面的思想和艺术的养料，而又作了创造性的发展。

我国古代以爱情为题材的小说和戏剧很不少，它们当中的杰出的作品也总是从这一方面表现出反封建的意义。在《红楼梦》里面提到过的比它早出现四百多年的《西厢记》和早出现一百多年的《牡丹亭》，就是这样。它们都反对封建礼教，提出了婚姻自主的要求。贾宝玉、林黛玉的爱情悲剧是《红楼梦》里面许多情节中的一个中心情节，许多线索中的一个主要线索，它显然是继承了包括《西厢记》和《牡丹亭》在内的通过爱情故事来反对封建礼教的传统的。但《红楼梦》却有很大的发展。《红楼梦》对封建社会的批判广阔得多，它的全部思想内容远不止于只是从贾宝玉、林黛玉的爱情悲剧来反对封建主义。就是在恋爱和婚姻的问题上，它也提出了更高的理想：它们应该建立在互相了解和思想一致的基础上。《西厢记》《牡丹亭》的男女主人公只是在恋爱婚姻问题上是叛逆者，所以张珙和柳梦梅考中了状元，他们就可以得到大团圆的结局；贾宝玉林黛玉却在一些更重大的问题上也是叛逆者，所以他们的故事就必然是一个更为激动人心也更具有深厚的思想意义的悲剧。①

《红楼梦》在以家庭为题材、细腻地描写日常生活、生动地运用口语等方面，显然受到了比它早出现一百多年的《金瓶梅》的影响。但它的成就却远远地超过了《金瓶梅》。《金瓶梅》也描写了一个家庭的兴衰的历史，暴露了封建统治阶级的罪恶和腐烂，它所反映的生活也是比较广阔的，但它却不像《红楼梦》对封建社会批判得那样多方面，那样深刻。读了《金瓶梅》的人会感到：这是一些多么丑恶的人物，多么肮脏的生活呵！它是能够引起厌恶的效果的。然而《金瓶梅》却对那些丑恶的人物和肮脏的生活没有愤慨，有时甚至是欣赏的态度；《红楼梦》却是非和爱憎都很分明。还有，《红楼梦》里面有理想，有追求；《金瓶梅》却没有提出任何正面的东西。

反映的生活很广阔、是非和爱憎也很分明、而且描写了许

---

① 《牡丹亭》的《惊梦》一折，虽然描写女子的伤春很有抒情的味道，词句也很优美，至今仍在舞台上演唱，但像杜丽娘这样一个待字闺中的少女，在梦中第一次见到一个陌生男子柳梦梅，写她发生了爱悦之情就很够了，作者却写他们一下子就发生了性的关系，这个情节是虚构得不大高明的，表现了作者的庸俗的一面的。《红楼梦》中虽然也有一些写得猥亵的地方，但在贾宝玉和林黛玉、晴雯的关系的描写上，它却第一次把真挚的爱情和简单的性的关系加以区别，这在描写爱情的作品中也是一个新的发展。

多正面的人物和事件的还有比《红楼梦》早出现三百年的另一个伟大作品《水浒传》。它描写了封建社会的政治黑暗政治压迫，"官逼民反"，许多阶层的人物都参加了农民起义。它歌颂了如火如荼的农民战争，并且带着很大的同情真实地动人地描绘了农民起义的悲剧的结局。它是我国古代仅有的一部站在拥护农民革命的立场上来描写封建社会里的主要的阶级斗争的长篇小说。在这点上，它是我国古代别的作品不曾逾越过的。但《红楼梦》从封建统治阶级内部来广泛而又深刻地揭露了它的罪恶和腐朽，几乎批判了封建社会的全部上层建筑，从而反映了封建社会的灭亡的必然性，这就在反封建的文学里面开拓了一个新的世界。虽然它们各有各的限制，它们都是伟大的作品。它们从不同的角度批判了封建社会。

《红楼梦》不但在思想内容上继承了过去具有反封建意义的小说戏剧的传统，并作了很大的发展，在艺术上也是这样的。《红楼梦》基本上是一部现实主义的作品，同时也带有一些浪漫主义的色彩。它继承了宋元以来的小说和戏剧的反映社会生活的广阔、典型人物塑造的成功、细节描写的生动、运用和提炼口语为文学语言的贡献等方面的传统，并且有它自己的创造和发展。曹雪芹对封建社会的事物有一系列的不满，他的作品就不能只是写一个比较单纯的故事和很少几个人物。《红楼梦》反映的生活是那样多方面，那样错综复杂，却又巧妙地以两个封建大家庭的逐渐衰败和在这样的环境中的一对儿女的爱情悲剧作为基本情节把它的全部内容贯穿起来，成为一个浑然天成的有机体。它的结构是很完整的。通过塑造正面和反面的人物来表现作者追求什么，反对什么，这本来是文学艺术中的一种传统的有力的手段；十分难能可贵的是《红楼梦》里面塑造的人物是那样众多，却没有一个是漫画化的。对书中的人物曹雪芹是有爱憎有褒贬的，但却又写得很真实，却又是从客观的描绘中去把他的爱憎和褒贬表现出来。许多重要的人物都是既写出了他们的性格的复杂性，又突出了他们的性格的主要特点。因此，我们读了《红楼梦》以后就再也不能忘记他们，而且其中有不少人物成为流行在生活中的典型人物。也是难能可贵，也是表现出曹雪芹的艺术天才和辛勤劳动的，整个小说对生活都描写得那样生动，那样有兴味，从头到尾在艺术上很匀称。

《红楼梦》的伟大当然首先在于它的思想内容。但丰富深刻的思想内容和特别杰出的艺术成就的统一，也正是伟大作品的一个标志。

当然，我们说《红楼梦》几乎可以说对封建社会作了一次总的批判，说它具有民主主义的思想内容，这都是就它的主要方面说的。要全面地评价它，还必须补充说，它里面也存在着不少封建思想和其他消极思想①。我们说曹雪芹是封建社会统治阶级的叛逆者，对他的叛逆的程度也需要有适当的估计。《红楼梦》批判了封建社会的许多具体的制度，但却没有否定而且在当时也不可能否定它的根本的制度——构成它的基础的土地制度和它的政治上的君主制度。《红楼梦》描写了两个封建大家庭的衰败的无可挽救，从而在客观上反映出封建统治阶级和封建社会的走向灭亡的必然性，但同时也表现出来了曹雪芹对于这种封建大家庭的留恋，从而也可以说就是对于他那个阶级他那个社会的留恋。由于这种深刻的矛盾，《红楼梦》里面就十分自然地流露出一些消极悲观的思想，一种惋惜和感伤的情绪。正是这种从头到尾都笼罩着的无可奈何的气氛使我们觉得《红楼梦》更像一首悲悼旧社会的灭亡的挽歌，而不是一个暗示新社会的诞生的预言。

过去的统治阶级内部的叛逆者是有不同的叛逆程度的。有的可以从一个阶级转变到另一个阶级；有的虽然在思想里反映

---

① 我在《论〈红楼梦〉》第十节中举过一些具体例子来说明书中表现出的曹雪芹的封建思想。这种例子是还可以找出一些的。比如关于赵姨娘、贾环和探春对赵姨娘和亲舅父的态度的描写，就表现出曹雪芹没有打破封建的嫡庶观念。

了一些人民的观点和情绪，整个说来却并没有发生这种阶级变化。我国封建社会的统治阶级的叛逆者很多都是属于后一种。曹雪芹也是这样的。按照他的具体的生活条件，他不但还不可能和人民结合，就是和人民的接触也不会是很多的。这样他自然就还不能认识人民的力量。曹雪芹的叛逆性还有这样的限制，为什么能够写出一部几乎可以说是对封建社会作了一次总的批判的伟大作品呢？这是因为曹雪芹虽然对他那个注定要灭亡的阶级还有所留恋，还没有和人民结合，他却看出了他那个阶级的许多人物的腐败而描写了他们不配有更好的命运，看出了正直、健康和更值得同情的是人民——尽管仅仅是他从他生活的范围里所能接触到的人民，而且是他从他们身上也并没有看到希望和未来的人民。

三、怎样正确评价《红楼梦》?

《红楼梦》流传以后,受到了读者的热烈的欢迎和爱好。顽固的封建主义者们的诋毁、禁止和烧毁都不能阻止它流传到广大的读者群众中去。对文学作品的欣赏固然总是以一定的理解为基础,但欣赏并不等于真正的理解,并不等于正确的和全面的理解。读者是可以从不同的角度、有时甚至可以是从相反的角度去欣赏一部作品的。和世界上不少伟大的作品一样,《红楼梦》一方面广泛地流传,赢得了众多的读者的热爱,一方面又遭到种种离奇荒诞的误解和曲解。首先是所谓"索隐"派的猜测。这些人根本不理解文学作品是社会生活的反映,它们的意义就表现在它们的艺术形象之中,而且小说一般都是经过了概括和集中,却以为《红楼梦》不过影射某些个别的人和个别的事件,从而做出各种牵强附会的"索隐"①。资产阶级唯心主义的学者王国维在他的《红楼梦评论》中表示不赞成这种"索隐",认为考证曹雪芹和他作书的时间比追究贾宝玉写的是谁更重要。他更企图从《红楼梦》的思想意义来肯定它。然而由于他自己抱有很深的悲观主义的思想,他完全看不见《红楼梦》的主要的方面,完全抹杀了它的积极的进步的内容,认为它的价值在于具有"厌世解脱之精神",在于它指出了"解脱之道存于出世"。其实《红楼梦》对封建社会的许多事物的批判,这是抱有资产阶级民主主义思想的人就应该有所察觉,也容易有所察觉的。和王国维发表《红楼梦评论》的时间很接近,一九〇四到一九〇五年,《新小说》杂志发表了一个署名侠人的人所写的一部分《小说丛话》,他就很明确地指出和肯定了《红楼梦》对封建家庭制度、封建婚姻制度和封建道德伦理观念以至对"君主专制之威"的批判②。虽然他对《红楼梦》的思想意义还是

---

① "索隐"派中有人说《红楼梦》暗中有"反满"的意思,此说虽是从政治上着眼,那种牵强附会的论证方法仍然是很荒唐的。

② 见《新小说》第一年第十二号和第二年第一号。侠人还说,"吾国之小说,莫奇于《红楼梦》,可谓之政治小说,可谓之伦理小说,可谓之社会小说,可谓之哲学小说、道德小说"。他感到了《红楼梦》的内容的丰富和意义的重大,只是他对这些论点的具体说明并不充实,而且有些说明并不妥当。但他从元春回家省亲一段看出言外有暴露"君主专制之威"的意思,却是有眼光的。

认识不足和估计不足,而且他的议论也似乎没有发生较大的影响,他的见解却是比"索隐"派和王国维都进步的。过了十几年,另一个资产阶级唯心主义的学者胡适,他做了一些王国维希望有人做的考证工作,找到了一部分有关曹雪芹的家世和个人的材料,并且批判了"索隐"派的穿凿附会,然而他根据那些并不充分的材料,却在他的《红楼梦考证》中得出了另一种错误的结论:他认为《红楼梦》不过是曹雪芹的"自叙传",不过是一部描写他的家庭的"坐吃山空""树倒猢狲散"的自然趋势的"平淡无奇的自然主义"的杰作。他的眼光和思想是那样短浅,只能看到书中所描写的一些生活现象,却一点也不能透过这些现象看出《红楼梦》的思想意义的巨大和深刻。比起侠人的见解来,这显然是一种倒退了[①]。然而胡适的如此肤浅如此错误的看法却流行一时,代替了"索隐"派,在资产阶级学术界的《红楼梦》研究中取得了统治的地位。

---

① 胡适虽然在《文学进化观念与戏剧改良》中也曾轻描淡写地说过一句《红楼梦》描写的贾宝玉、林黛玉爱情悲剧"使人觉悟家庭专制的罪恶,使人对于人生问题和家族社会问题发生一种反省",但他对《红楼梦》的反封建的意义是还不如侠人觉察得多,并且感到它的意义的重大的。他对《红楼梦》的评价也不如侠人那样高。

1954年，新中国的文艺界对《红楼梦》研究中的错误倾向、对胡适在《红楼梦》研究中的影响作了广泛的批判，反对了脱离时代、脱离社会、脱离阶级来研究文学的资产阶级唯心主义的立场、观点和方法，反对了贬低《红楼梦》的巨大价值的"自传"说和"色空"说，同时也批评了《红楼梦》研究中的烦琐考证的倾向和"不可知论"。经过这次批判，许多文学研究工作者初步建立了用马克思列宁主义的立场、观点和方法来研究文学遗产的必要性的认识，对《红楼梦》的广泛而又深刻的反封建的意义得到了比较一致的看法。这次批判是在《红楼梦》研究和整个文学遗产研究中的一个革命。它给古典文学研究工作指出了新的方向。在这以后，用新的立场、观点和方法来研究《红楼梦》和其他文学遗产虽然还只能算是一个开始，而且对有一些重要的问题还存在着分歧的看法，我们的方向却是正确的。

　　"自传"说为什么是错误的呢？首先是因为它不符合事实。文学里面本来是有自传体的小说这样一种体裁的，自传体的小说中也可以有杰出的作品。但胡适和受他影响的人说《红楼梦》是曹雪芹的自传却并没有足够的根据，不过因为曹雪芹在小说中运用了他的许多生活经验。写小说，特别是写规模巨大并在其中寄寓了作者的理想和追求的小说，作者常常是要运用自己的大量的生活经验，并且把自己的某些思想感情赋予其中的正面人物的。小说中的其他人物也常常会以作者熟悉的人为模特儿。如果这样的小说就是作者的自传，那么《战争与和平》、《安娜·卡列尼娜》和《复活》都成了托尔斯泰的自传了。这在今天略有创作知识的人就知道是不能这样说的。塑造贾宝玉这个人物的时候，曹雪芹是运用了他的许多生活经验，寄寓了他的许多思想感情的，但曹雪芹和贾宝玉的关系也至多不过类似托尔斯泰和他小说中的人物彼尔、列文或者聂赫留朵夫的关系罢了。究竟不能把小说中的人物和作者完全等同起来，也不能把小说中的人物的遭遇全部看成就是作者的经历。贾宝玉这个人物，显然是经过了很大的夸张和集中的。和世界上其他著名的典型人物一样，在现实生活中曾经有过许多和他相似的人物，然而却不可能找到一个和书中描写的完全相同的贾宝玉，正如在现实生活中找不到典型性那样集中的堂吉诃德和阿Q一样。描写《红楼梦》里面的宁荣二府的时候，曹雪芹是大量地运用了他自己的封建大家庭的生活经验的，但无疑地也有许多虚构。他这个家族的发迹的祖先并没有两个开国功臣，自然就并没有两个国公府。曹家也不可能有三里半那样大的大观园①。

《红楼梦》开宗明义第一回，就说作者自云，"将真事隐去"，"用假语村言敷演出一段故事来"。这是明明白白地告诉读者这部小说虽然以作者的生活经验为基础，却是经过虚构而成。第四十二回，按照贾母的意思，惜春准备画一幅大观园图。宝钗对她就："这园子却是象画儿一般，山石树木，楼阁房屋，远近疏密，也不多，也不少，恰恰的是这样。你就样儿往纸上一画，是必不能讨好的。这要看纸的地步远近，该多该少，分主分宾，该添的要添，该减的要减，该藏的要藏，该露的要露。这一起了稿子，再端详斟酌，方成一幅图样。"这是

---

① 正因为官僚地主家庭不可能在首都有三里半那样大的园子，曹雪芹才在《红楼梦》中写它是因为贾元春回家省亲特别修建的。曹雪芹有姑姑嫁给某王子作福晋，但他家却没有一个嫁给皇帝作妃子的人。如果说曹雪芹在小说中是把福晋夸大为皇妃，那么这也就是虚构了。福晋回家省亲是不会特别为之修建一个园子的。皇妃回家省亲其实也未必就一定要特别修建一个园子，不过从编故事说来，这比较近情理而已。《红楼梦》第二十三回脂批说"大观园原系十二钗栖止之所，然工程浩大，故借元春之名而起，再用元春之命以安诸艳，不见一丝扭捻"，就是说曹雪芹虚构得合情合理，就是认为元春省亲、修建大观园以及十二钗住在大观园里等情节一概都是虚构。曾经有人要考证大观园在哪里，也就是不知道它实际上是曹雪芹概括了集中了一些我国古代的园林建筑的样式、特点，加以夸张和虚构而描写出来的。因此虽然现实生活中许多过去遗留下来的园子都和大观园有某些相似之处，却在北京和南京都无法找到一个真正的大观园。

三、怎样正确评价《红楼梦》？

曹雪芹通过宝钗的口说明艺术不能像照相一样反映生活，必须有艺术家的匠心和创造。连画一幅大观园还必有添有减，有藏有露，何况是写《红楼梦》这样一部巨著，哪有不经过虚构之理？"自传"说的错误除了不符合事实之外，更重要的还在于主张这种说法的人用它来贬低和抹杀了《红楼梦》的巨大的社会意义。胡适说，它是曹雪芹的"自叙传"，所以它不过是一部描写他的家庭的"坐吃山空""树倒猢狲散"的自然趋势的"平淡无奇的自然主义"的杰作。受胡适的影响的人说，它是曹雪芹的"自叙传"，所以它不过是感叹个人身世之作，所以它除了以宝玉为主体之外的其他一切情节都不过是不太重要的背景，所以它不会对作者自己的事情有什么贬斥和愤怒。这样就达到了《红楼梦》的性质也不过和中国过去的闲书相似、不得入于近代文学之林的结论。

"色空"说为什么是错误的呢？"因空见色，由色生情，传情入色，自色悟空"，"此回中凡用梦用幻等字，是提醒阅者眼目，亦是此书立意本旨"[1]，我们在《红楼梦》第一回中

---

[1] "此回中凡用梦用幻等字，是提醒阅者眼目，亦是此书立意本旨"，这几句话现在可以见到的最早的脂评本残存十六回本（过去称"甲戌本"）和有正本都没有。有些研究《红楼梦》的同志怀疑这又不是曹雪芹本人写的。但《红楼梦》这个书名也就有"梦幻"这一类的意思。

就可以读到的这些话难道不是明明说这部小说有"色空"思想吗？而且它的全书不是都笼罩着一层薄雾似的悲观的思想情绪吗？不能说"色空"说完全没有根据。它的错误在于把《红楼梦》的消极悲观这一方面强调得过分了，认为这是它的主要的思想内容。

"色空""梦幻"这一类观念是从佛教来的，然而曹雪芹并不是一个佛教徒。他以十年的辛苦来写这样一部小说，一直到死还没有写完，对他所写的种种生活和人物怀抱着明确的是非，热烈的爱憎，写得如此激动人心，这就说明他并不是一个虚无主义者。他的悲观的思想情绪是由于在当时的历史条件下他无法找到出路而来的。他感到他那个阶级没有出路，他成为那个阶级的叛逆者也仍然没有出路，而且就是从他所接触到的当时的人民身上他也看不到出路，他怎能不既有所反对有所追求、又有时有一种"色空"和"梦幻"的感觉呢？恩格斯曾经说过，一部资本主义社会里的具有社会主义倾向的小说，如果它能忠实地描写现实的关系，打破对于这些关系的性质的传统的幻想，粉碎资产阶级世界的乐观主义，引起对于现有秩序的永久性的怀疑，即使它的作者没有提供任何明确的解决，甚至没有明显地站在哪一边，这部小说也是完成了它的使命的。那么像《红楼梦》这样一部封建礼会里的具有民主主义倾向的小说，它的作者因为从封建统治阶级看不到前途而流露出来的悲观的思想情绪不是正可以发生一种动摇封建秩序的作用吗？当然，从另一方面说，曹雪芹不但从封建统治阶级看不到前途，从人民那里他也看不到希望和未来，因而就认为"色空"，认为客观世界的一切都不过是虚空，都不过是梦幻，这仍然是错误的。巨大复杂的自然界和人类社会并不会因为一个阶级的灭亡而就并不存在，而就停止它们的运动、变化和发展。

经过这次批判，许多文学研究工作者初步认识到研究《红楼梦》和整个文学遗产都必须有马克思列宁主义的立场、观点和方法，都必须用阶级分析的方法。充分地肯定了《红楼梦》的巨大的反封建的意义，并进而探讨《红楼梦》所表现的思想的阶级性质，这都是我们企图运用阶级分析方法的表现。但要用阶级观点和阶级分析方法来研究《红楼梦》，要从更重视政治和思想教育的角度来研究《红楼梦》，不止是它所表现的思想的阶级性质还需要继续探讨，还有一些别的问题也还需要进一步明确。比如，贾宝玉、林黛玉的爱情悲剧在书中的地位和对这种爱情的看法就是一个问题。贾宝玉、林黛玉的爱情悲剧是书中的一个中心情节，一个主要线索；曹雪芹着力地描写了这个悲剧不仅是由于艺术上的需要，用它来把许多生活和人物组织起来，或者是爱情故事容易吸引广大的读者并容易产生一种激起人们的同情的艺术力量，更重要的是由于他对男女之间的爱情具有深刻的感受，具有比过去写爱情的作品更进步的新的看法，迫使他不得不去描写；而且这个爱情故事是同全书的丰富的生活内容和广泛的反封建的思想意义紧密地结合在一起的，就像一个有机体一样——这些都是没有问题的。但如果因此而就过分地突出了贾宝玉、林黛玉的爱情悲剧在书中的地位，以为《红楼梦》的主题就是爱情，就是对于爱情的歌颂，那就不正确了。

曹雪芹在他的一生的经历中远不止于对爱情具有深刻的感受，具有他的独特的见解，而且他在《红楼梦》中所企图表现的也远不止于对爱情的感受和见解，因此《红楼梦》所反映的生活就远不止于男女爱情，它的思想意义也远不止于通过爱情的悲剧来反封建。爱情故事不过是这个精心结构而又浑然天成的园林中的一个主要建筑而已。宁国府这个家庭，王熙凤这条线索，刘姥姥进大观园，探春治家和尤二姐、尤三姐的悲惨遭遇这些著名的插曲，以及其他许多生活、许多人物，都不是或者都不仅仅是为贾宝玉、林黛玉的爱情悲剧而写的。它们都有它们的独立的意义，不能看作仅仅是爱情悲剧发生的背景。贾宝玉的思想活动的天地也是广阔的，远不止于爱情生活。如果

刘姥姥进大观园

仅仅是歌颂爱情或者仅仅是描写一个爱情悲剧，《红楼梦》是不能成为伟大的作品的。过分地突出了贾宝玉、林黛玉的爱情悲剧在书中的地位，或者对这种爱情作了过多的不适当的肯定，以至无批判地加以歌颂，看不见它的阶级性，它的封建色彩，都是不正确的。①贾宝玉、林黛玉表达爱情的方式同近代和现代的恋爱很有差异，而且贾宝玉见着他喜欢的少女就要表现他的爱情，就是在晴雯死去、宝钗搬出大观园以后，他所想到的还是有两三人同死同归，这也显然是多妻制的合法存在在他恋爱观上的反映。这些都是他们的爱情的封建色彩。就今天某些青年读者来说，贾宝玉、林黛玉的性格和他们之间的爱情，可能正是最容易发生消极的影响的。

贾宝玉在他那个时代他那个阶级是一个很进步的人物，他的思想和行为都是对于封建正统派的叛逆，对于封建社会公认的秩序的破坏，连他喜欢对许多少女滥用感情的特点也带有这

---

① 我这几句话是把对我自己的批评包括在内的。我一九五六年写的《论〈红楼梦〉》，虽然并不是完全没有说到贾宝玉、林黛玉的爱情的阶级性和封建色彩，究竟对它肯定太多保留得太少了，赞扬得过多批判得过少了。我们对贾宝玉、林黛玉的爱情不加批判或者批判得不够，都是表明我们至少在这个问题上还不是站在无产阶级的思想的高度，还没有超越过资产阶级民主主义和小资产阶级革命民主主义的思想水平。

种色彩。林黛玉在她那个时代她那个阶级也是一个难能可贵的有反抗性的妇女，她的性格上的悲哀和愁苦的特点是她的环境、她的遭遇、特别是她的没有希望的爱情所造成的。正因为他们是这样的人物，正因为在当时的历史条件下是进步的，而且他们的恋爱悲剧暴露出来了封建社会的深刻裂痕，我们才给予了我们的同情，尽管我们今天并不喜欢他们性格上的某些特点，仍然给予了我们的同情。但无论如何他们都是已经过去的人物了，他们的恋爱是属于过去的时代的恋爱了。历史前进得很快。中国的资产阶级民主革命已经在无产阶级领导下彻底完成了。我们已经进入人类历史的新纪元，进入社会主义的时代了。资产阶级民主主义的思想在今天的中国也已经成为落后的思想，成为可以和无产阶级的思想相对立而发生反动的作用的思想了。所以，如果今天还有人要去仿效贾宝玉，仿效林黛玉，用类似他们那样的思想和行为来对待新社会，对待新生活，对待今天的恋爱，那就完全是犯了可笑的时代错误的病症，只能说他们的思想感情已经比历史落后了两百多年！

至于对《红楼梦》里所描写的封建主义的坚决的维护者，比如薛宝钗这样的人物，如果今天还有人大为欣赏，看不见她在当时已经是反动的，那就是更加可笑，那就比曹雪芹和贾宝玉都还要落后了！《红楼梦》描写了薛宝钗的某些"优点"，某些似乎"可爱之处",却又毫不含糊地写出了她的封建正统派的本质,而且写出了她的这些"优点"、这些"可爱之处"正是同她的封建正统派的本质相联系的,或者正是为她的维护封建主义的活动服务的,这是《红楼梦》的一点也不简单化、公式化的现实主义的深刻之处。所以,如何引导读者去全面地了解《红楼梦》的内容,正确地看待贾宝玉、林黛玉的性格和他们之间的爱情,正确地看待薛宝钗这样一些人物,帮助读者采取批判的态度,不至于受到那些落后的不健康的因素的影响,或者甚至欣赏书中本来已经有所否定有所批判的人物,这也是研究《红楼梦》的人所应该考虑的。至于对贾宝玉、林黛玉和他们之间的爱情,如果不但过分地突出,过分地肯定,而且用美的人、美的灵魂或者最纯洁的理想这一类抽象的说法来肯定,以至把《红楼梦》的主题归结为人的美、爱情的美和这种美的被毁灭,那就更为离开阶级观点和阶级分析的方法了。

正如列宁在评价托尔斯泰的时候所说过的话一样,只有依据无产阶级的观点才能正确地评价《红楼梦》,正确地评价一切中国和外国的文学遗产。对《红楼梦》,对一切文学遗产,用封建主义的观点固然不能辨别它们的精华和糟粕,用资产阶级的民主主义观点和小资产阶级的革命民主主义的观点,也是不能正确地评价它们的。只有比它们的作者的思想水平更高,只有站在马克思列宁主义的立场和观点的高处,用批判的态度对待它们,然后才可能全面地透彻地看清楚它们的优点和缺点,看清楚它们的成就和限制,从而给它们以恰当的历史地位和科学的评价。在《红楼梦》的研究中,在整个文学遗产的研究中,一直是存在着不同的观点的斗争的。在今天说来,主要是资产阶级观点和无产阶级观点的斗争。

资产阶级的学者脱离时代、脱离社会、脱离阶级去研究文学作品,他们常常是抓住一些现象的、片面的以至琐细的东西,看不见作品的本质,作品的总的倾向,也不认真地去研究作品的思想和艺术。他们不是夸张遗产的消极的方面,对祖国的文学加以贬低,或者转而认为那就是它们的价值所在,就是无批判地对待遗产,对糟粕和精华不加区别。他们不重视重大问题的探讨,理论的概括,反而以为他们是提倡实学,不尚空谈。他们常常醉心于无休止的烦琐的考证和牵强附会的新奇的说法。这样他们就自然不可能对比较复杂的作品和比较复杂的文学史上的问题得出科学的结论。当他们感到他们的限制和困惑的时候,他们又会走向"不可知论"。所以对《红楼梦》就曾有人发出"你越研究便越觉胡涂"的慨叹。马克思列宁主义者和这一切相反,我们对待文学现象也是用辩证唯物主义和历史唯物主义的观点去进行考察。我们对过去的杰出的作品总是要去阐明其中的本质的东西、主要的东西，同时也批判那些消极的部分，引导读者去否定它们，而且就是对其中的主导的积极的部分也是一方面给以充分的历史的估价，另一方面又指出它们的时代和阶级的限制。过去有些伟大的作品，由于它们所反映的生活的丰富和深刻，是要经过多次的认识的，就像我们对待复杂的社会生活本身一样。然而我们总是越研究越清楚、越正确、越全面，而不是越研究越糊涂。对待整个文学遗产，对待具体的作品，由于不同时间的不同情况，我们有时强调它们的这一个侧面，有时强调它们的那一个侧面，那是必要的。然而我们追求的总是真理，总是科学的评价，而不是随心所欲地歪曲客观事物的面貌来符合我们的主观的要求，也不是文学批评就没有客观的标准。至于研究和辨别材料的考证工作，它虽然也是学术上的一种必要工作，我们认为不能用它来代替全部的研究工作，来代替对文学作品的思想、艺术、时代背景和文学史上许多重要问题的研究这样一些主要工作。考证应该有目的，它应该为这些主要工作服务，因此我们反对为考证而考证。还有，我们认为做考证工作也应该有马克思列宁主义的观点的指导，追求牵强附会的新奇的说法正是资产阶级唯心主义的考证的一种必然结果。引导人脱离政治、脱离实际的烦琐考证的学术风气，那更是无论用崇尚实学的借口还是用别的更好听的借口,我们都是不能肯定这种倾向、发展这种倾向的。

对《红楼梦》研究中的错误倾向的批判给我们指出了工作的方向,但在我们的工作中认真贯彻这个方向仍然是一个重大的问题。对《红楼梦》研究中的错误倾向的批判已经过去了九年了,虽然许多古典文学研究工作者都是企图努力运用马克思列宁主义的观点的,但要在工作中贯彻这个方向,我们还要进行长期的工作、艰苦的工作。到底是用资产阶级的观点还是用无产阶级的观点来研究文学,这是一个长期存在的分歧,九年来是反复出现的,今后也仍然会在我们的工作中存在着两条道路的斗争。让我们努力学习马克思列宁主义,学习毛泽东思想,把我们的工作做得更正确、更出色;让我们无论是从事文学研究工作的人还是从事文学创作的人,都用一生的辛勤的劳动来对我们今天的祖国和人民,来对国内的社会主义建设和世界范围内的无产阶级革命,做出每个人所能做的最大的贡献!

10月27日晨初稿
11月15日夜修改

(原载《文学评论》1963年第6期)

国家新闻出版广电总局
首届向全国推荐中华优秀传统文化普及图书

大家小书书目

经典常谈	朱自清 著
语言与文化	罗常培 著
习坎庸言校正	罗　庸 著　杜志勇 校注
鸭池十讲（增订本）	罗　庸 著　杜志勇 编订
古代汉语常识	王　力 著
国学概论新编	谭正璧 编著
文言尺牍入门	谭正璧 著
日用交谊尺牍	谭正璧 著
敦煌学概论	姜亮夫 著
训诂简论	陆宗达 著
金石丛话	施蛰存 著
常识	周有光 著　叶　芳 编
文言津逮	张中行 著
中国字典史略	刘叶秋 著

古典目录学浅说	来新夏 著
闲谈写对联	白化文 著
怎样使用标点符号（增订本）	苏培成 著
诗境浅说	俞陛云 著
唐五代词境浅说	俞陛云 著
北宋词境浅说	俞陛云 著
南宋词境浅说	俞陛云 著
人间词话新注	王国维 著 滕咸惠 校注
苏辛词说	顾 随 著 陈 均 校
诗论	朱光潜 著
唐诗杂论	闻一多 著
诗词格律概要	王 力 著
唐宋词欣赏	夏承焘 著
槐屋古诗说	俞平伯 著
词学十讲	龙榆生 著
词曲概论	龙榆生 著
中国古典诗歌讲稿	浦江清 著
	浦汉明 彭书麟 整理

唐人绝句启蒙	李霁野　著
唐宋词启蒙	李霁野　著
唐宋词概说	吴世昌　著
宋词赏析	沈祖棻　著
道教徒的诗人李白及其痛苦	李长之　著
英美现代诗谈	王佐良　著　董伯韬　编
闲坐说诗经	金性尧　著
陶渊明批评	萧望卿　著
古典诗文述略	吴小如　著
舒芜说诗	舒　芜　著
名篇词例选说	叶嘉莹　著
汉魏六朝诗简说	王运熙　著　董伯韬　编
唐诗纵横谈	周勋初　著
楚辞讲座	汤炳正　著
	汤序波　汤文瑞　整理
好诗不厌百回读	袁行霈　著
山水有清音	
——古代山水田园诗鉴要	葛晓音　著

门外文谈	鲁　迅　著	
我的杂学	周作人　著	张丽华　编
论雅俗共赏	朱自清　著	
文学概论讲义	老　舍　著	
中国文学史导论	罗　庸　著	杜志勇　辑校
给少男少女	李霁野　著	
古典文学略述	王季思　著	王兆凯　编
古典戏曲略说	王季思　著	王兆凯　编
鲁迅批判	李长之　著	
三国谈心录	金性尧　著	
夜阑话韩柳	金性尧　著	
英语学习	李赋宁　著	
漫谈西方文学	李赋宁　著	
历代笔记概述	刘叶秋　著	
笔祸史谈丛	黄　裳　著	
有琴一张	资中筠　著	
鲁迅作品细读	钱理群　著	
唐宋八大家 ——古代散文的典范	葛晓音　选译	

红楼梦考证	胡适 著		
《水浒传》与中国社会	萨孟武 著		
《西游记》与中国古代政治	萨孟武 著		
《红楼梦》与中国旧家庭	萨孟武 著		
《金瓶梅》人物	孟超 著	张光宇 绘	
水泊梁山英雄谱	孟超 著	张光宇 绘	
《红楼梦》探源	吴世昌 著		
《西游记》漫话	林庚 著		
细说红楼	周绍良 著		
红楼小讲	周汝昌 著	周伦玲 整理	
曹雪芹的故事	周汝昌 著	周伦玲 整理	
古典小说漫稿	吴小如 著		
三生石上旧精魂 ——中国古代小说与宗教	白化文 著		
《金瓶梅》十二讲	宁宗一 著		
古体小说论要	程毅中 著		
近体小说论要	程毅中 著		
文学的阅读	洪子诚 著		
中国戏曲	么书仪 著		

中国史学入门	顾颉刚 著	何启君 整理
秦汉的方士与儒生	顾颉刚 著	
三国史话	吕思勉 著	
史学要论	李大钊 著	
中国近代史	蒋廷黻 著	
民族与古代中国史	傅斯年 著	
五谷史话	万国鼎 著	徐定懿 编
民族文话	郑振铎 著	
史料与史学	翦伯赞 著	
唐代社会概略	黄现璠 著	
清史简述	郑天挺 著	
两汉社会生活概述	谢国桢 著	
中国文化与中国的兵	雷海宗 著	
两宋史纲	张荫麟 著	
明史简述	吴晗 著	
北宋政治改革家王安石	邓广铭 著	
从紫禁城到故宫 ——营建、艺术、史事	单士元 著	
史学遗产六讲	白寿彝 著	

司马迁之人格与风格	李长之 著
司马迁	季镇淮 著
唐王朝的崛起与兴盛	汪篯 著
二千年间	胡绳 著
论三国人物	方诗铭 著
考古发现与中西文化交流	宿白 著
中国古代政治文明讲略	张传玺 著
艺术、神话与祭祀	张光直 著
	刘静 乌鲁木加甫 译
中国古代衣食住行	许嘉璐 著
中国古代史学十讲	瞿林东 著
黄宾虹论画	黄宾虹 著
中国绘画史	陈师曾 著
和青年朋友谈书法	沈尹默 著
中国画法研究	吕凤子 著
桥梁史话	茅以升 著
中国戏剧史讲座	周贻白 著
俞平伯说昆曲	俞平伯 著 陈均 编

新建筑与流派	童寯 著	
论园	童寯 著	
拙匠随笔	梁思成 著	林洙 编
中国建筑艺术	梁思成 著	林洙 编
沈从文讲文物	沈从文 著	王风 编
中国画的艺术	徐悲鸿 著	马小起 编
中国绘画史纲	傅抱石 著	
中国舞蹈史话	常任侠 著	
海上丝路与文化交流	常任侠 著	
世界美术名作二十讲	傅雷 著	
中国画论体系及其批评	李长之 著	
金石书画漫谈	启功 著	赵仁珪 编
吞山怀谷 ——中国山水园林的艺术	汪菊渊 著	
中国古代音乐与舞蹈	阴法鲁 著	刘玉才 编
梓翁说园	陈从周 著	
旧戏新谈	黄裳 著	
民间年画十五讲	王树村 著	姜彦文 编
民间美术与民俗	王树村 著	姜彦文 编

长城史话	罗哲文 著
中国古园林概说	罗哲文 著
现代建筑奠基人	罗小未 著
世界桥梁趣谈	唐寰澄 著
如何欣赏一座桥	唐寰澄 著
桥梁的故事	唐寰澄 著
园林的意境	周维权 著
万方安和 ——皇家园林的故事	周维权 著
现代建筑的故事	吴焕加 著
中国古代建筑概说	傅熹年 著
国学救亡讲演录	章太炎 著　蒙木 编
简易哲学纲要	蔡元培 著
大学教育	蔡元培 著　北大元培学院 编
老子、孔子、墨子及其学派	梁启超 著
中国政治思想史	吕思勉 著
天道与人文	竺可桢 著　施爱东 编

春秋战国思想史话	嵇文甫 著	
晚明思想史论	嵇文甫 著	
新人生论	冯友兰 著	
中国哲学与未来世界哲学	冯友兰 著	
谈美书简	朱光潜 著	
中国古代心理学思想	潘菽 著	
民俗与迷信	江绍原 著	陈泳超 整理
佛教基本知识	周叔迦 著	
儒学述要	罗庸 著	杜志勇 整理
希腊漫话	罗念生 著	
佛教常识答问	赵朴初 著	
大一统与儒家思想	杨向奎 著	
孔子的故事	李长之 著	
西洋哲学史	李长之 著	
乡土中国	费孝通 著	
社会调查自白	费孝通 著	
经学常谈	屈守元 著	
墨子与墨家	任继愈 著	
汉化佛教与佛寺	白化文 著	
中西之交	陈乐民 著	

出版说明

"大家小书"多是一代大家的经典著作,在还属于手抄的著述年代里,每个字都是经过作者精琢细磨之后所拣选的。为尊重作者写作习惯和遣词风格、尊重语言文字自身发展流变的规律,为读者提供一个可靠的版本,"大家小书"对于已经经典化的作品不进行现代汉语的规范化处理。

提请读者特别注意。

北京出版社